慶祝霍克領的黑色沼澤
淨化完畢的盛宴！

聖女魔力無所不能8
The power of the saint is all around.
將切面烤到融化的熱呼呼起司
淋在馬鈴薯上，
用日本的說法就是烤瑞克雷起司，
想不到如此美味。
因為用的起司不同嗎？
由於太過美味，我將料理送入口中的手
在思考的期間也沒停過。

8
聖女
魔力無所不能
The power
of the saint
is all around.
Author
橘由華
Illustration
珠梨やすゆき
Kadokawa Fantastic Novels

Contents

The power of the saint is all around. vol.8

Character

The power of the saint is all around.

聖

被召喚到異世界擔任聖女的OL小鳥遊聖。由於在治療傷患與淨化魔物方面大顯身手而開始受到各地人們崇拜，導致她最近相當煩惱。開發料理和美容用品是生活調劑。

裘德

藥用植物研究所的研究員，負責指導聖。相當懂得照顧人，親和力十足。常常偷吃聖做的料理。

艾爾柏特·霍克

第三騎士團的團長。據說是個不苟言笑的人，甚至被坊間稱為「冰霜騎士」，但在聖的面前卻是……？

約翰．瓦爾德克

藥用植物研究所的所長。很照顧聖，與艾爾柏特似乎是從小一起長大的好友。

尤利．德勒韋思

宮庭魔導師團的師團長。只要談到魔法和魔力的研究，眼神就會大變。目前對聖的魔力充滿興趣。

奧斯卡

負責管理販售聖的發明品的商會，真實身分卻是……

愛良

和聖一樣被召喚到異世界的高中生御園愛良。目前在魔導師團學習魔法。

伊莉莎白．艾斯里

聖在圖書室交到的朋友，是侯爵千金。非常敬仰聖。

埃爾哈德．霍克

宮廷魔導師團的副團長，艾爾柏特的兄長。雖然沉默寡言，但是位通曉人情世故的人。總是因為尤利而飽受折騰。

第一集故事大綱

Story line

二十幾歲的ＯＬ小鳥遊聖，在加班結束後回到家的瞬間，突然穿越到了異世界。

儘管她是以「聖女」身分被召喚過去的，但這個國家的王子只帶走和聖一起被召喚過來的可愛女高中生——御園愛良，把聖留在召喚室裡。

後來，雖然幾經波折，但由於不知道回去日本的方法，聖於是決定開始在藥用植物研究所裡工作。

聖早已察覺到自己就是「聖女」，卻仍選擇隱瞞身分，過著平凡人的生活。

然而，聖的能力太過厲害，在做藥水、下廚和製作美容用品等各方面都讓人們大為驚嘆。

她做出來的HP上級藥水救了第三騎士團團長——艾爾柏特的性命，並以此為開端，引發各式各樣的奇蹟。

於是，「聖・小鳥遊會不會才是聖女……？」的傳聞在王宮傳開了。

第二集故事大綱

Story line

儘管聖答應了宮廷魔導師團的傳喚，但暫時逃過一劫，沒將「聖女」的身分暴露出去。

她開始接受宮廷魔導師團師團長尤利・德勒韋思的斯巴達式指導，日子過得既忙碌又充實。

然後，不知是拜特訓所賜，抑或出於偶然，金色魔力再次引發奇蹟，眾人愈加懷疑她就是聖女。

但第一王子凱爾否定這樣的懷疑，固執地相信和聖一起被召喚過來的愛良才是「聖女」。

直到聖參與魔物討伐之後，周遭的人們才確定她便是「聖女」。

第三騎士團團長艾爾柏特遭逢危機之際，聖使用金色魔力，瞬間淨化湧現魔物的黑色沼澤。

結果，斷定聖是假聖女的第一王子凱爾被處以禁足的處分。

原本來到異世界之後，只有凱爾可以依靠的愛良，也趁此機會與聖還有學園的朋友建立交情，獲得了平穩的生活。

第三集故事大綱

Story line

由於聖發動了帶來奇蹟般效果的金色魔力，終於被認定是真正的聖女。但是，她依然不曉得什麼情況下才能發動「聖女的魔力」。

就在此時，她接到了前往藥草聖地遠征的委託。她不僅成為藥師的弟子，還獲得傭兵團長的賞識，也會下廚做類似藥膳的料理招待其他人。當她一邊享受遠征的生活，一邊努力製作藥水之際，竟

發現與前任聖女有關的手札。以這本手札為線索，她終於知道該如何使用「聖女的魔力」，然而發動條件卻是「想著霍克團長」，讓她羞恥到無法告訴其他人……！

不過，在順利學會使用「聖女的魔力」之後，她也即將隨著騎士團及傭兵團一同前去調查森林。

第四集故事大綱

Story line

知道如何發動「聖女的魔力」後，聖前往珍貴藥草叢生的森林進行調查。

在以力量為傲的騎士團與傭兵團的護衛之下，她安心地在森林中前進，結果遇到了不怕物理攻擊的魔物「史萊姆」！

聖一行人在苦戰中想辦法突破包圍網後成功撤退，只是依然苦於不知如何應付性質相剋的敵人。就在這時，宮廷魔導師團的師團長尤利與愛良趕來助戰！

在強力的援軍登場後，聖等人順利淨化掉森林，克勞斯納領恢復了安寧。

聖和愛良在慶功宴親自下廚招待大家，與傭兵團之間的交情也更加深厚，一切都圓滿收場！

不過，聖心中還記掛著一件事。那就是森林在遭到史萊姆肆虐後，只剩下一片枯萎荒涼的慘狀。於是她利用「聖女的魔力」，成功讓森林奇蹟似的重生！

就這樣，聖一行人完成所有目的之後，儘管對於離開這裡感到依依不捨，還是不留一絲遺憾地返回了王都。

第五集故事大綱

Story line

從藥草聖地克勞斯納領回來後，聖收到了對方用來答謝的珍貴藥草與種子。她用這些謝禮來開發新款美容用品。聖的配方所製作出來的美容用品深受廣大女性族群喜愛，每推出新商品必造成搶購風潮。此外，在周遭人們的建議下，終於決定要成立聖自己的商會。聖與負責管理商會的奧斯卡等人前去視察開在王都的新店舖之際……竟然邂逅了來到這個世界後就未曾見過的「咖啡」！

聖對船來品產生興趣後，便開始尋找日本食材。去貿易興盛的港口城鎮或許會有新發現……聖滿心期待地出發，但還沒找到食材，倒是先撞見了一場風波。來自異國的船長為了治療受傷的船員而四處尋找魔導師，聖遇到他便好意提供了自己做的藥水……結果那個異國的食材正是她要找的！重遇再熟悉不過的味噌和米，聖簡直開心得不能自已。

第六集故事大綱

Story line

王宮來了位來自國外的留學生，前來留學的是「迦德拉」這個國家的皇子。聖得知消息，內心不禁冷汗直流。

因為她之前在港都幫助的船長，就是迦德拉的國民。

雖說是為了救人，聖猜想：把市面上沒有販售的個人特製效果增強五成上級藥水送給對方，是不是惹出了什麼麻煩……然而皇子只是想學習斯蘭塔尼亞王國的知識，他的目的並非「聖女」。

為了以防萬一，聖在皇子要造訪的日子都會避免踏進藥用植物研究所，但是他們還是不小心碰面了……！

透過與皇子的對話，聖發現他在尋找能治療母妃疾病的藥物。於是聖活用在日本學到的知識，成功做出能治療所有異常狀態的萬能藥。最後在隱瞞製作者的情況下，順利將萬能藥交到了皇子手中。

第七集故事大綱

Story line

「聖女」的亮相儀式結束後，聖開始收到茶會及晚宴的邀請函。

在那之中，聖參加了於朋友莉姿家舉辦的茶會，並聽說許多領地的特產，於是想到舉辦美食祭，介紹各領地的特產。在王宮及第二王子連恩的幫助下，美食祭圓滿落幕！不過，這次的活躍卻讓聖收到的邀請函變得更多了。

社交場合的邀約不斷增加，淨化瘴氣的旅程則逐步邁向終點。國內的瘴氣平息下來，聖接獲恐怕是最後的黑色沼澤出現區域的土地——位於邊境的霍克領的委託，便與艾爾柏特和尤利一同前往霍克領，在那裡成功淨化兩個黑色沼澤。

聖女魔力無所不能

*The power
of the saint
is all around...*

第一幕　風乾香腸

霍克領難得要求王宮派出騎士團，幸好最後平安將魔物壓制住了。

這裡有兩個黑色沼澤，難怪士兵比其他領地多的霍克領要請王宮派人支援。

兩個黑色沼澤都在礦山深處，第二個更是位於已經廢棄的老舊坑道最尾端，之前都沒人發現也是無可奈何。

我不小心差點在礦山裡遇難，卻也因此找到第二個沼澤，運氣相當好。

第二個沼澤出現了屍龍。

就是因為有這隻魔物，礦山才會出現不死系魔物吧。

事實上，淨化第一個沼澤時還會出沒的不死系魔物，在淨化第二個沼澤和屍龍後就消失了，這個推測應該沒錯。

淨化完第二個黑色沼澤後，我們回到礦山村。

為求保險起見，我們並沒有馬上回到領都，而是在那裡住了幾天，確認魔物的數量有所減少。

確認的任務由騎士和宮廷魔導師們負責。

這段期間，我負責在礦山村看家。

只是枯等也不太好，因此我專注在採集礦山村周邊的植物上。

我雖然是「聖女」，本行卻是藥用植物研究所的研究員。

採集植物也是重要的工作。

在我努力採集植物的期間，團長以護衛的身分陪同在旁。

害他要抽時間陪我，起初我非常過意不去，不過看到一面戒備周遭，一面高興地和我聊天的團長，我的內疚感也慢慢消散。

說實話，邊工作邊與他聊藥草及霍克領的事，相當愉快。

師團長？

師團長按照慣例，狩獵魔物……更正，和其他人一起調查四周。

每次回來的時候，師團長和其他人的狀態，都會形成強烈的對比呢。

其他人看起來精疲力竭，師團長卻非常精力充沛的樣子。

他的肌膚好像也一天比一天有光澤。

接著，等前去確認情況的人都判斷沒問題後，我們便回到領都。

領主夫婦及領主家的傭人們，在領都迎接大家。
「歡迎回來。」
「我們回來了。」
領主夫婦的視線落在我身上，於是我代替整個部隊，簡單回答他們的問候。
兩人面帶著笑容，他們似乎事先得知黑色沼澤淨化完畢的消息了。
看他們那麼高興，我也自然而然浮現笑容。
「討伐魔物和長途跋涉，想必很累人吧。房間已經整理好了，請先進屋好好休息。」
「謝謝。」
「晚上也會舉辦簡單的宴會，還請務必參加。」
從溫柔的領主夫人口中說出的「宴會」一詞，讓我想到以前的晚餐會。
幫忙準備的侍女們，會不會要我穿禮服？
我有在途中用恢復魔法減輕腰部的痠痛，所以還不至於太累，不過移動過程多少也會造成疲勞，我今天還想繼續穿長袍呢。
畢竟穿長袍比較輕鬆嘛。
在我思考時，團長開口說道：
「宴會是指平常那個嗎？」

「嗯，是呀。」
領主夫人點頭回答團長。
「平常那個」是什麼意思？
我納悶地抬頭看著團長，團長察覺到我的視線，並為我說明。
在霍克領，士兵們結束大規模的討伐任務歸來時，每次都會在領主家舉辦宴會。
宴會是用來慰勞士兵的，只要是有參加討伐任務的人，不論身分高低都能放開來享受。
宴會上會端出使用在領地捕獲的野生鳥獸——即所謂的野味，和特產起司製作的料理。
而且還有很多庶民平常就會吃的簡單餐點，而非以前的晚餐會那種給貴族享用的料理。
那就是與領主夫婦共進晚餐時聽見的起司鍋和燒烤起司嗎？
討厭，好想吃喔！
想著想著，我的期待好像反映在臉上了。
團長輕笑出聲，並催促我先進屋再說。
我望向領主夫婦，他們也笑容可掬地看著我。
連他們倆都看見我的表情，我害羞得臉頰微微發燙。
嗚……對不起，我太愛吃了……
我一邊在內心道歉，一邊低下八成染成了紅色的臉，在團長的催促下迅速進到屋內。

宴會在日落時分，天色變暗的時間開始。

會場位於平常由霍克領僱用的士兵們所使用的建築物大廳內，跟領主他們住的房子是不同棟。

這棟建築物似乎有點歷史，用大小各異的石頭堆疊蓋成，看起來很堅固。

裡面的裝潢也和外觀一樣，牆壁是未經加工的石頭堆砌而成，完美體現了質樸剛健一詞，四處都有用掛毯作為裝飾。

宴會以領主喊的乾杯為信號，揭開序幕，跟之前聽說的一樣，無須顧慮身分地位。

連領主夫婦都在致詞完後，和騎士們混在一起吃飯。

當然，身為上司的團長、師團長還有我也包含在內。

雖說早就知道了，但沒想到可以放得這麼開。

能夠不用顧慮禮節，專心享用料理，我非常地感激。

「嗯！好好吃！」

「好吃！」

送入口中的餐點太美味，導致我忍不住讚嘆。

跟我同時開口的，是坐在附近的騎士。

我轉頭看向那邊，與他對上目光，彼此相視而笑。
將切面烤到融化的熱呼呼起司淋在馬鈴薯上，用日本的說法就是烤瑞克雷起司，想不到如此美味。
因為用的起司不同嗎？
由於太過美味，我將料理送入口中的手在思考的期間也沒停過。
「這道料理很適合配紅酒呢。」
「我懂。」
坐在旁邊的師團長則是停不下喝紅酒的手。
他臉頰微微泛紅，展露微笑的模樣性感至極。
這個人的臉還是老樣子，威力十足。
先不說這個，我贊成適合配紅酒這個意見。
明知道不能喝太醉，但是我也好想再來一杯。
「太好了，看來你們很滿意。」
聽見我們的對話，團長莞爾一笑。
「這一道我也很推薦。」
「「「「喔——！」」」」

後方傳來的聲音使我回過頭，一名體態豐腴的侍女「咚」地一聲，將大盤子放到桌上。
看見整整齊齊放在盤子上的料理，酒鬼們紛紛歡呼。
我的眼睛也緊盯著盤子。
「這是——」
「在我家的領地做的風乾香腸。」
莎樂美腸，是莎樂美腸！
裝在大盤子上的食物，怎麼看都是莎樂美腸。
切成薄薄一片圓形，耀眼的白色油花分散在紅肉上的那個莎樂美腸。
許久不見的食物，令我心生懷念。
「請享用。」
「我要開動了！」
我照侍女所說，充滿幹勁地伸出手。
盛到小盤子裡的風乾香腸，在這麼近的距離一看，還是莎樂美腸。
我將它送進高興得合不攏的嘴裡，懷念的味道於口中擴散開來。
好吃……
超好吃的……

這個風味和絕妙的鹹度真讓人受不了。
久違的滋味害我差點發出「唔唔……」的聲音。
啊，可是仔細品嘗過後，肉味好像比我記憶中的莎樂美腸重一些。
難道是肉的比例占比較多？
我邊嚼著香腸邊思考，這時團長對我說：
「妳似乎很喜歡。」
「咦？是、是的！非常美味！」
我在感受香腸的滋味，所以沒有立刻做出反應。
由於我急著回應，不小心發出了異常響亮的聲音。
有點羞恥……
團長大概察覺到我的心情，臉上的笑意更深了。
我說，請您不要笑我。
「反正還得在這待一陣子，我會吩咐廚師之後再做這道料理。」
「謝謝您。」
「那個……」
在我為團長貼心的建議道謝時，端來風乾香腸的侍女客氣地開口說道。

我和團長同時望向侍女，她對我們提出一個很棒的意見。
製作這種香腸的店家，似乎有在領都的市場開店。
店裡還有跟今天這種香腸不一樣的種類，她推薦我有興趣的話可以去逛一下。
「聖想去看看嗎？」
「可以嗎？」
「明天大家都放假。雖然不能讓妳自己一個人去，一起去倒是沒問題。」
一起去的意思是，團長要陪我囉？
我能理解以我的身分來說，不方便單獨行動，可是把團長帶出去沒關係嗎？
明明團長才剛回來呢。
然而，內疚歸內疚，我真的對市場很感興趣。
最後我輸給欲望，提心吊膽地再次問他能不能陪我、需不需要休息後，得到「沒問題」這個令人心安的回應。
那我就心懷感激地請他帶我去吧。
於是，我便和團長約好明天一起去市場。

◆

隔天，我們一大早便前往市場。
成員有我、團長和幾名護衛。
因為我希望陣仗不要太大，於是團長以外的人都待在稍遠處戒備。
不好意思，要求這麼多。
師團長不在護衛陣容中。
明明今天放假，他還跑去附近的森林狩獵魔物，真的是依然故我。
昨天他跟團長聊得有說有笑，我發現後問他要不要一起去。
結果遭到拒絕。
因為我的基礎等級又提升了。
「聖小姐現在的等級是？」
聽見我的邀約，他回問我的等級。
個人狀態分成基礎等級和各種技能的等級，單純講「等級」時，通常是指基礎等級。
兩種等級我都有一段時間沒去查看，因此我當場確認狀態資訊。

「呃，請等我一下喔。『狀態資訊』。」

唸出「狀態資訊」後，眼前便出現只有我看得見的半透明視窗。

小鳥遊　聖　　Lv.58／聖女

HP：5,282／5,282
MP：6,385／6,385

戰鬥技能：
聖屬性魔法：Lv.∞

生產技能：
製藥　　　：Lv.36
烹飪　　　：Lv.25

嗯，變高了。

沒記錯的話，我的基礎等級原本是五十六，視窗卻清楚顯示著五十八。

看來又提升了。

到底是什麼時候升的？

大概是因為我最近又開始到處淨化黑色沼澤，因此提升的。

「五十八。」
「妳說什麼！」
「咦？聖，妳的等級那麼高啊！」
「要是妳改拿劍，不就比我們還要強了？」
「太誇張了——」
我一說出自己的基礎等級，周圍就傳來震驚的聲音。
仔細一想，我好像是第一次在騎士們面前提到等級。
就算是騎士團和宮廷魔導師團中等級最高的團長與師團長，基礎等級也只有四十左右，他們會嚇到很正常。
於是騎士們一陣騷動，師團長則笑咪咪地僵在原地。
他一句話都不說，反而很恐怖。
「德、德勒韋思大人……？」
我戰戰兢兢地呼喚，他還是沒有反應。
怎麼辦？
該再叫一次嗎？
「五十八……」

「嗯？」

「五十八嗎……」

「是、是的……」

在我煩惱要不要叫他的期間，師團長重新開機了。

可是，雖說開機了，他似乎還沒徹底復活。

他認真地反覆唸著我的基礎等級。

這陣子，師團長一直專注於提升等級，以鑑定我的狀態。

基礎等級超過四十級後就會遇到瓶頸，似乎需要非常努力。

儘管如此，為了追上我，師團長還是拚命討伐魔物。

我不知道他最近的等級，不過一定比我們剛認識的時候還高。

而這次卻因為我升級的關係，我們的等級又有了差距。

以為追上了，沒想到又被拉開距離。

真是場惡夢。

不能怪師團長受到打擊。

「呵呵呵……是嗎，五十八啊……聖小姐，謝謝妳的邀約，可是很抱歉，明天我有點事要做。」

「這、這樣呀？」
「是的。可以請妳下次再邀請我嗎？」
「啊，好。我明白了。」
在我想不到該跟他說什麼而手足無措時，師團長復活了。
他要做的事，大概是討伐魔物吧？
透過剛才那段對話，可以輕易推測出來。
不過，他都提起幹勁了，我也不好意思潑冷水。
因此我只有點頭應允，沒有繼續糾纏。
究竟，待在霍克領的期間，師團長會提高多少等級呢？
雖然想為努力的師團長聲援，但一想到會被他看見自己的狀態，就覺得怪怪的。
那麼，該怎麼辦呢？
在我這麼思考時，我們抵達了目的地。
馬車停下來後，團長先行下車，然後我才跟著下車。
我抓住他朝我伸出的手並走下馬車，褐色的髮絲從眼前飄過。
與初次跟團長一起出門的時候不同，這次我戴上褐色假髮及眼鏡喬裝，和去摩根哈芬那時一樣。

由於我在國內各地淨化黑色沼澤，「聖女」擁有罕見髮色的情報，最近傳得到處都是。

若維持平常的樣貌出門，其他人很可能從髮色看出我是「聖女」。

既然我是跟團長共同行動，也有可能因此暴露真實身分，但髮色不同的話，應該還瞞得過去。

於是，考慮到今天一起行動的人不多，我便喬裝了一下，以防萬一。

下了馬車走一會兒，很快就抵達市場。

和王都的市場一樣，街道兩側設有帳篷，下面密密麻麻地放著各種商品。

行人也很多。

市場規模和王都比起來有點小，不過已經算大了。

不愧是這個國家屈指可數的都市。

「哇！好熱鬧呢！」

「這是附近最大的市場。」

我歡呼出聲後，團長證實了我的想法。

「賣香腸的店在更裡面一點。我們慢慢逛，順便看看其他家店吧。」

「好的！」

我點頭同意團長的建議，馬上逛起周圍的店家。

每家店都擺滿蔬菜，看來現在所在的區域主要是販賣蔬菜的店。

有在王都看過的，也有從來沒看過的蔬菜。

沒看過的蔬菜，推測是只能在附近採到的吧。

這裡的運輸方式尚未成熟，所以新鮮蔬菜基本上是自產自銷。

「啊，這個。」

「怎麼了？」

我在某家店看見稀有的蔬菜，下意識停下腳步。

那家店賣的是皺葉甘藍。

我從未在王都看過，意思是只有霍克領有種嗎？

我決定詢問疑惑地看著我的團長。

「這是甘藍對吧？從來沒在王都看過耶。」

「嗯，經妳這麼一說，確實如此。」

「小姐是從王都來的嗎？那妳懂得真多！這種甘藍是只能在這一帶採到的種類喔。」

可惜團長似乎不知道答案。

由店員代替他為我說明。

果然是只有霍克領有種的蔬菜。

「那個，我以前吃過。做成高麗菜捲很美味。」
「沒錯沒錯！它的葉子挺厚實的，很適合拿來燉煮！」
皺葉甘藍跟王都賣的甘藍比起來葉片較厚，能生吃且好吃的只有柔軟的部分。
相對的，它的葉子紋路漂亮，拿來燉煮剛剛好。
我跟店員聊得有說有笑，團長也在一旁邊聽邊感慨地點著頭。
「說到高麗菜捲，我家冬天也會做，妳有做過嗎？」
「沒有。應該做得出來，但我從來沒做過。」
大致的做法我還記得，可是太花時間了，我從未嘗試過。
不過，難得找到皺葉甘藍。
而且還是當季蔬菜。
做成高麗菜捲肯定很美味。
好想吃。
我將暫時落在一堆堆皺葉甘藍上的視線移回團長身上，他看起來覺得很遺憾的樣子。
這一定是那個。
所長在研究所也經常露出類似的表情，所以我猜得到。
就是跟我一樣想吃高麗菜捲，卻因為我說沒做過，而感到沮喪的表情。

唔……

看到那種表情，怎麼能不做呢！

我也想吃啊！

「那個……」

「怎麼了？」

「看到這種甘藍，讓我想吃高麗菜捲……方便借場地給我做嗎？」

我還沒問能不能借廚房，團長的臉上便綻放出笑容。

他在想什麼一目了然——

當然是立刻答應。

「謝謝您！」

「不用客氣。我自己也想吃。」

我就知道。

團長開心地笑著說道，證實了我的猜測。

嗯。

比起垂頭喪氣，還是帶著笑容更好呢。

我也自然而然高興起來，加深笑意。

或許是因為我露出滿足的微笑，團長用手背掩住嘴角並低下頭。
「呵呵……」
「怎麼了嗎？」
愉快的笑聲從他的嘴角傳出。
我好奇地詢問，便得到意想不到的答案。
「沒什麼，只是在想很久沒有比約翰更早嘗到妳的新作料理。」
「很久？」
「上次是在克勞斯納領的時候。」
「啊，的確。」
「在那之後，每次妳發明新菜色，我都是先從約翰口中得知……」
團長瞇起眼睛，略顯羞澀地表示他很高興能搶在所長前面吃到新菜色。
我不禁覺得這副模樣挺可愛的，這件事就默默藏在心中，不告訴任何人。
這或許不是該對成年男性抱持的觀感，但要在心裡怎麼想是我的自由。
話說回來，所長。
他在做什麼呀……
從所長的個性推測，怎麼想都是故意跟團長聊新菜色的。

反正他八成是想逗團長吧。

真是的。

在我為所長的行為感到無奈時，團長已經下完皺葉甘藍的訂單。

他訂的數量比想像中還多，是連家裡的份都一同採購了嗎？

有可能，畢竟在剛才聊到的克勞斯納領，廚師用我的食譜做的料理也有提供給領主家以外的人。

「可以把我買的東西送到我家嗎？」

「收到！」

買完東西後，團長小聲告知店員收件地址，店員沒有驚訝，而是笑容可掬地點了下頭。

看他這麼鎮定，團長的身分似乎早就被看穿了。

就這樣，團長買了皺葉甘藍寄到領主家。

費用會由領主家的人支付，因此我們直接和店員道別，前往下一家店。

◆

販售風乾香腸的店家，位於販賣蔬菜的區域對面的角落。

路上有好幾家店有賣類似的加工肉品，之所以能順利找到那家店沒有迷路，都是拜團長所賜。

團長好像有事先跟侍女打聽過確切位置。

店裡不只有風乾香腸，還有一般的香腸及火腿。

不曉得嘗起來是什麼味道？

我看著風乾香腸以外的商品時，店員跑來招呼我們。

「歡迎光臨！哎呀？莫非您是領主家的少爺？」

抬頭一看，一名超適合當肉店老闆娘的強壯女性，驚訝地看著團長。

他們看起來互不相識，應該是從團長的外貌判斷他是領主的兒子吧。

團長苦笑著點頭，老闆娘則笑咪咪地說道：「歡迎光臨本店！」

她接著望向我。

然後立刻瞪大眼睛，視線在我跟團長身上來回移動後，再度展露笑容，對團長說：

「您找到對象了呀。恭喜您！」

對象……？

恭喜？

啊！！！該不會！！！

從老闆娘這句話推測出的答案，害我嚇了一大跳，急忙望向團長，結果和剛好轉過頭的團長四目相交。

團長的臉頰好像微微泛紅，不知為何，我的臉頰也跟著發燙。

我們看著對方愣在那邊，先回過神的團長像要找回平常心似的清了下嗓子。

「不，她是……來自王都的同事。」

「哎呀討厭，我也真是的，這麼隨便就下定論，非常抱歉。」

團長的表情有點困擾，雖然他支支吾吾地糾正，卻沒什麼效果。

老闆娘一臉什麼都知道的樣子點點頭，道歉的語氣聽起來完全不覺得自己有錯。

老闆娘是怎麼想的？

我在意得不得了，可是團長都否認了，我也不方便多問。

類似不安的情緒害心臟跳得好快，於是我露出僵硬的笑容，以免自己的想法被察覺。

這時，老闆娘又往我這邊看過來。

我擔心她會對我說什麼，緊張得挺直背脊，老闆娘的態度跟對待團長的時候不一樣，表情透出一絲愧疚，開口說道：

「小姐也是，對不起喔。」

「沒關係。請別放在心上。」

「謝謝您。那麼，您今天是來找什麼的呢？」

「聽說這裡有賣風乾香腸。」

「風乾香腸啊。那麼，有這兩種。」

總之，我先表明來意，老闆娘聽了便指向放在架上的風乾香腸。

昨天吃的香腸感覺只有一種，這裡則有兩種。

也就是說，其中一種是我沒吃過的口味。

好好奇。

「它們吃起來是什麼味道？」

「這邊這個是用鹽巴調味過的傳統口味，這種則是今年新出的，裡面加了藥草。」

其中一種是新口味。

而且仔細一聽，還是最近才開始賣的。

難怪昨天沒端上桌。

話說回來，藥草。

聽到藥草，我總會忍不住猜測是不是受到某人的影響。

在前往國內各地淨化黑色沼澤的旅途中，我聽說過好幾次類似的話題。

大部分是受到「王都流行用藥草做菜」這個傳聞的啟發，便把藥草加入既有的商品，發明出新東西。

原來這裡也有。我瞬間有點感慨，不過有件令人在意的事，因此我將注意力拉了回來並繼續說道：

「藥草嗎？」

「是的。聽說最近各個地方都在流行用藥草做的料理。」

「各個地方啊。」

「結合藥草與特產的料理，在許多地方大受歡迎。所以我就想說，這家店要不要也來做些什麼。」

「原、原來如此。」

哎呀，這我倒是沒料到。

怎麼覺得兩件事混在一起了？

聽見混合藥草與特產製作的料理，我感到疑惑。

用藥草製作的料理及用特產製作的料理，兩者都起源於我。

藥草就不用說了，特產則是我在王都舉辦派對——美食祭後流行起來的。

那場派對事後在貴族間掀起話題，派對上提供的使用各地特產製作的料理，在有類似特產的其他領地也開始出現。

然而，現在流行的卻是使用特產及藥草製作的料理，不知道情報在哪混到一起了。

我沒聽說過這件事……

話說回來，加入藥草的香腸呀。

身為藥用植物研究所的研究員，聽見藥草當然會感興趣。

這不是在講冷笑話，不過既然是加進香腸(Sausage)的藥草，會是鼠尾草(Sage)嗎？

鼠尾草經常被用來製造香腸，我原本的世界甚至有人認為香腸的語源是豬和鼠尾草的混成詞。

可是，這個世界未必相同。

這裡沒有藥草入菜的習慣，很可能用的是截然不同的藥草。

儘管好奇它用的是哪種藥草，我實在不好意思直接問老闆娘。

畢竟用在料理中的藥草，感覺就是商業機密。

機會難得，買回去自己確認好了。

雖然不知道我認不認得出店家使用的所有藥草。

我如此心想，正準備跟老闆娘搭話時，發現老闆娘睜大眼睛看著我後面。

後面有什麼東西嗎？

我納悶地回過頭，看見一名手拿巨大行李，同樣身材壯碩的男人正往這邊走來。

難道是老闆娘的老公？

「那個……」

「啊，不好意思。他是我丈夫。」

我看看走過來的男人又看看老闆娘，她則帶著愧疚的笑容向我說明。

果然是她老公。

「歡迎光臨。」

「你好，打擾了。」

老闆娘跟我介紹完後，老闆依然板著一張臉，但是他對我打了招呼，於是我也稍微點頭致意。

老闆稱不上高，身材卻壯得說他是傭兵我都會相信，蓋住下半張臉的濃密鬍子及一雙圓圓的大眼，給人深刻的印象。

雖然外表給人一股壓力，粗壯手臂抱著的東西，卻減輕了這種壓迫感。

老闆抱著的是一個裝滿各色蔬果的麻袋。

是今天晚餐的食材嗎？

我忍不住仔細觀察，於是老闆娘苦笑著跟我解釋。

那些東西是新商品的材料。

用藥草做了風乾香腸後，他似乎打開了發明新產品的開關，每天都在尋找除了藥草以外，有沒有適合用來做香腸的東西。

平常只負責製作商品，不會到市場的老闆會來露臉的原因，也是為了尋找新的食材。

原來如此。

我一面點頭，一面聽老闆娘解釋，老闆娘開始跟老闆介紹我們。

得知團長是領主兒子，老闆連忙低下頭，不過一聽見我們來自王都，他便好奇地詢問：

「既然是從王都來的，兩位該不會吃過藥草料理？」

「我偶爾會吃……」

「我還滿常吃的。」

「喔喔！其實我們最近也在用藥草做香腸。」

「剛才尊夫人有跟我們說，我很感興趣，正想買回家呢。」

「這樣啊！若兩位不介意，可否告訴我吃過的感想？」

老闆做的藥草風乾香腸評價似乎不錯。

不過，至今為止跟他回報感想的人沒半個吃過藥草料理，大家都稱讚這種香腸很新奇。

也有人誇它美味，但老闆還想知道嘗過王都流行的藥草料理的人有何看法。

就在這時，我們出現了。

我告訴他，我們吃過用藥草做的料理，老闆立刻展露笑容。
「好呀。」
「太感謝了！我還有一些事想問，可以嗎？」
「老公！」
我是否能夠講出得體的話不好說，如果只是要分享感想，應該沒問題吧？
雖然這麼做會稍微麻煩宅邸的人，不過把大家吃完後的感想寫在信裡，送到老闆家就行了吧。
思及此，我笑著答應，老闆開心地跟我道謝。
可是，他又說有其他事想問。
老闆娘阻止了還想繼續說話的老闆。
「與其在店裡說，旅館的食堂比較合適吧？而且少爺他們等等不是還有行程？」
「喔、喔。說得也是。抱歉。」
「不會。」
我們並未特別安排行程，但老闆娘說得也有道理。
一直站在店門口聊天可能會擋到別人，如果要繼續聊，最好換個地方。
老闆大概也有同樣的想法，他向我們道歉。

「兩位方便的話，可不可以借我一點時間？」
對於老闆的請求，我想了一下。
我也很好奇老闆是如何使用藥草的。
只有用一種，還是用了許多種？
這個問題可能會涉及商業機密，所以我不打算連藥草種類都問，只是想在允許範圍內打聽一些情報。
這是個好機會，可以拿回答感想以外的問題當作回報，請老闆為我解惑。
然而，要讓團長抽時間陪我，我有點不好意思。
該拒絕嗎？
我跟老闆一樣，觀察團長的反應看他想怎麼做，便和面帶微笑的團長對上視線。
「妳想怎麼做？」
「霍克大人不介意的話，我想跟老闆聊一聊……」
「這樣啊，那走吧。」
「可以嗎？」
「當然可以。」
「謝謝您！」

團長確認完我的想法，乾脆地同意。

一直讓他答應我的請求，沒關係嗎？

為了以防萬一，我又問了一遍，團長笑得更加燦爛，再次點頭。

我毫不掩飾內心的喜悅，和他道謝後，重新面向老闆，而老闆也很高興團長答應得如此爽快。

由於團長下達了許可，我們便移動到老闆他們住的旅館繼續交流。

◆

前往肉店老闆夫婦所住旅館的路上，老闆說了許多他們自己的事。

老闆名為格魯夫，平常都與家人住在領都附近的山腰，在那邊製作香腸、火腿等食品。

山腰的氣候正好適合做香腸，所以他們才住在那邊。

做好的商品大多會賣到山腳的村子，還有一部分會拿去領都賣。

也就是領主家和市場。

去領主家送貨時，也順便去市場擺攤。

不只領主，很多人都被格魯夫先生做的香腸抓住胃袋。

只不過，格魯夫先生一心專注在研究上，沒有仗著產品受歡迎就安於現狀，每天都在努力研究美味的食譜。

某一天，他聽說了拿特產和藥草入菜的情報。

格魯夫先生因此受到啟發，嘗試用藥草製作香腸，結果調配出前所未有的獨特滋味，從此燃起發明新產品的熱情。

我邊聽邊走，轉眼間到了目的地。

格魯夫先生他們住的旅館，位於離市場兩條路遠，大約移動了三個街區的地方。

附近有幾家風格相近的旅館及餐廳，挺熱鬧的。

走進旅館就能看見櫃檯，再裡面有間食堂。

是這個國家一般的旅館構造。

我們在格魯夫先生的帶領下前往食堂，坐到空桌前面，一名男子從食堂更裡面的廚房走出來。

好像是旅館的老闆。

起初他疑惑地看著我們，不過一注意到團長就睜大眼睛，急忙行禮。

團長的外貌，在這邊也一樣可以當成身分證用呢。

看見團長落落大方地點頭，老闆詢問格魯夫先生：

「那個……這到底是什麼情況？」
「抱歉啊，這地方借我一下。」
「是可以借啦……」
「我想請這兩位試吃我做的香腸。」
「新客人？」
「不是，他們是從王都來的，吃過藥草料理，所以我想知道他們的感想。」
「說到藥草，就是新香腸的感想囉？」
「沒錯，就是它。」
格魯夫先生和老闆很熟的樣子，大概平常就是住這間旅館吧。
我們是為了跟格魯夫先生交流才來到這裡，不知不覺間卻變成要幫忙試吃。
他和老闆解釋完情況後，老闆便暫時回到廚房。
回來的時候，老闆手上端著一盤切成薄片的風乾香腸。
「這樣就行了嗎？」
「嗯，謝啦。來，兩位請嘗嘗看。」
我和團長聽了格魯夫先生的話，面面相覷。
團長點點頭，於是我也不再客氣。

「吃吧。」

「我開動了。」

團長先將風乾香腸送入口中咀嚼。

過了一會兒，他看著我點頭，因此我也拿起一片風乾香腸吃。

我仔細品嘗，熟悉的香味瞬間於口中擴散開來。

這是什麼東西的香味？

香氣在我思考的期間散去，再也感覺不到。

我又拿了一片風乾香腸，想再確認一次，這次卻沒有任何感覺，或許是鼻子習慣那個味道了。

唔、唔——

傷腦筋……

「如何？」

「不錯啊？入口的時候有股清爽的味道。」

「對呀，會讓人想一直聞，不過……」

我吞下第二片風乾香腸後，格魯夫先生面色凝重地詢問我們的意見。

我接在團長後面述說感想，格魯夫先生好奇地探出身子。

「不過？」
「咦？啊，不好意思，我的鼻子好像習慣了，很快就聞不出來……」
「味道更重會比較好囉？」
「對、對呀。再稍微重一點也不錯？」
「這樣啊！」
我被格魯夫先生的氣勢嚇到，不小心說出藏在心裡的真心話。
本以為會害他不高興，結果並沒有。
看來格魯夫先生跟我一樣，都覺得香氣重一點更好。
他本身好像也更喜歡偏重一點的香氣。
然而，應該有許多人不喜歡藥草的香味，所以他才沒有在香腸裡加入太多藥草。
如格魯夫先生所說，藥草的香氣大多很獨特，應該也有不習慣的人會覺得臭的味道。
這次帶去市場賣的藥草風乾香腸偏向試作品，我認為他的顧慮是對的。
目前不習慣藥草香味的人很多，商品的香氣不要太強烈比較好。
「真希望可以調整香氣濃度。」
「調整……」
雖然有想到分成香氣重的版本和香氣淡的版本不就行了？可是，格魯夫先生好像不打算僅僅是增加種類。

他說得沒錯，若能配合每位客人的喜好調整香氣濃度就好了……

按照現在的做法，將藥草直接混入香腸，確實沒辦法調整呢。

「像鹽那樣之後再加進去如何？」

「之後再加進去……啊！」

在我思考有沒有辦法調整香氣時，團長提出一個好意見。

「之後再加進去」這句話，使我想到於表面塗抹黑胡椒的火腿。

與那種火腿一樣，在風乾香腸外面塗藥草如何？

「不是混進去，而是抹在表面嗎？」

「是的。喜歡強烈香氣的人就直接吃，而喜歡香氣淡一點的人則可以把香腸表皮剝掉後再吃。」

「這樣就能調整了。是個好主意！」

我將我的想法告訴格魯夫先生，他瞪大眼睛，一副恍然大悟的模樣。

順勢留在這邊聽我們討論的老闆做出同樣的反應，團長也露出佩服的表情。

這個世界似乎還沒有在表面抹東西的火腿或香腸，大家都為這個嶄新的想法驚訝不已。

「我很想馬上試作，不過不好意思，還有一個問題想請教妳。」

「請說。」
是什麼問題呢？
格魯夫先生在我的催促下開口。
他想問的是藥草的知識。
剛才在店門口想問的，好像也是這個。
他想知道用來做菜的是什麼樣的藥草。
王都流行用特產和藥草做菜這件事雖然傳開了，卻沒多少人知道用在那些料理中的詳細食材。
「有很多種，主要是羅勒、蒔蘿、墨角蘭、牛至、迷迭香……」
「等等！這麼多啊！」
我想到一個說一個，格魯夫先生沒料到有這麼多，打斷我說話。
他說他記不住，我便以適合用來煮肉料理的種類為主來回答。
即使如此還是有好幾種，最後我寫在紙上交給他。
「這裡面有小姐跟我說的藥草嗎？」
格魯夫先生從麻袋裡拿出今天在市場買到的食材，放到桌上。
本以為只有蔬果類，竟然連藥草和起司都有。

藥草裡面還參雜著不適合入菜的種類，看來他是看到什麼就買什麼。
「這是迷迭香跟羅勒。我放到這邊的是不適合入菜的。」
「還有不適合入菜的啊。謝謝。現在缺的我之後再去買。」
「要買的話乾燥過的比較好，保存起來也很方便。」
「喔！是嗎？那麼，就買乾燥過的藥草。」
「把我寫在紙上的藥草拿幾種混在一起用，香氣會變得更有層次，可以試試看。」
除了便條上的藥草，我還幫他挑出不能用的藥草。
順便給了各種建議。
接著，格魯夫先生直直盯著我。
「小姐真懂藥草呢。」
「她很沉迷藥草料理。」
好像不小心講太多了。
經他這麼一說，一般人對藥草不會了解得這麼清楚。
我認為這是理所當然的疑惑，正想跟他解釋，團長就先幫我說明了。
咦？為什麼？
我驚訝地望向團長，他帶著我從未見過的表情。

啊，我知道這種表情。

上禮儀課的時候，老師用類似的表情為我示範過。

是用來避免對方察覺自身情緒的「古老的微笑」。

「是這樣嗎？」

「嗯。她會去各地討伐魔物，一有機會休息，就會出門品嘗當地的藥草料理。」

「對、對呀。就是這樣。」

團長冷靜地述說，並對我使了個眼色，我連忙點頭。

有什麼是我不能說的嗎？

該不會是怕我的「聖女」身分被人發現？

仔細一想，在市場的時候，團長跟老闆娘說我是來自王都的同事，或許是要讓前後的說法一致。

這樣的話，確實不能告訴他因為我在藥用植物研究所工作。

團長，幹得好。

「在這邊也發掘到新的藥草料理，我非常高興。這個風乾香腸，不管有沒有加藥草都很好吃。」

「謝啦。我想想，小姐幫了我這麼多忙，新香腸的試作品完成後，我送去給妳。請務必告訴我感想。」

「謝、謝謝！到時我再跟你說感想！」

不勞而獲。

順著團長想到的理由接話，竟然意外得到了試吃試作品的機會。

他說的試作品，當然是外面塗上藥草的風乾香腸吧。

我對成品很有興趣，真的非常高興可以收到試作品。

風乾香腸如同它的名字，製造時需要經過乾燥，因此得花一段時間才能做好。

雖然我會暫時待在霍克領，但風乾香腸做好時，理應已經回到王都了。

所以我請格魯夫先生寄到團長那邊。

好期待喔。

就這樣，我們聊著其他加進風乾香腸裡會很美味的食材，最後和格魯夫先生道別。

回程途中，我想著日後會收到的風乾香腸，暗自竊笑時，團長邀我在風乾香腸寄到後一同試吃。

看來團長也頗有興趣。

和他一起討論試作品的感想，肯定很愉快。

我當然樂於答應。

◆

從霍克領回到王都的數個月後，我收到格魯夫先生寫的信和比想像中還多的風乾香腸試作品。

不是先寄到團長那邊，而是直接送到研究所，這使我感到疑惑，而理由就寫在信上。

看來，他發現我的真實身分是「聖女」了。

信上寫著格魯夫先生去領主家送風乾香腸時被領主叫過去，直接詢問試作品的事。

領主知道這件事雖然令格魯夫先生大吃一驚，然而更讓他驚訝的是，出主意的人居然是「聖女」。

領主再三囑咐不能透漏是「聖女」幫忙的，但他想跟我道謝，於是寫了這封信。

這麼說來，回到領主家後，領主問我對領都的感想，我記得有跟他提到風乾香腸。

那一天，團長為我顧慮了許多，結果我卻親手害他的努力白費。

對不起，團長……

我陷入自我厭惡，在和團長見面時向他道歉，而他也跟我賠罪。

團長收到了領主的信，透過它得知領主做的事。

他對我說「我才要跟妳道歉」並對我低頭。

團長是因為擔心風乾香腸打著與「聖女」有關的商品名號販賣，當時才立刻找了個藉口隱瞞我的身分。

是為了避免我在不知不覺間被拿來當宣傳所做的貼心之舉。

我有幫忙是事實，但我只有提供意見而已，實際動手做的人是格魯夫先生。

假如那項產品冠上「聖女」之名拿來賣，我八成會因為有種搶走別人功勞的感覺而尷尬到不行。

因此，感謝團長為我想那麼多。

可是領主應該也有感覺到團長的用意。

證據就是他特地叮嚀格魯夫先生不可洩漏情報。

事實上，塗藥草的風乾香腸開始販售時，也沒人提到跟「聖女」有關。

最後，塗藥草的風乾香腸成了非常成功的商品。

當初的目的順利達成，能夠自己調整香氣濃度的這一點大受歡迎，甚至連遙遠的地區都來下訂。

日後，還變成霍克領的一項新特產。

第二幕　溫泉

與團長一起從市場回來後，過了幾天，有一場關於魔物狀況的報告會。

據調查歸來的人所說，出現黑色沼澤的礦山村附近的魔物減少了許多。

村民表示照現在的情況來看，他們自己能夠對付，不用借助來自王宮的騎士團的力量。

這個好消息固然令人心安，卻還不能放鬆戒備。

因為霍克領比想像中遼闊，還沒把整塊領地都檢查過。

團長宣布要提高戒心並繼續調查，便以這句話為報告會作結。

於是，大家決定暫時待在霍克領。

騎士們前往各地調查的時候，我則是老樣子，在領主家悠哉度日。

要做的事頂多只有去附近的森林採集藥草，或者幫騎士們做藥水。

我強烈覺得自己太悠閒了，最近甚至在想「過著這麼優雅的生活沒關係嗎」，隱隱有股罪惡感。

就在這時，我收到在市場訂的東西。

是葉脈又細又美的皺葉甘藍。

之前和團長聊過想吃用皺葉甘藍做的高麗菜捲，至今仍記憶猶新。

最近感覺到的罪惡感，促使我立刻去跟領主徵求使用廚房的許可。

領主很快就同意了。

領主家的廚師們也很乾脆地答應幫忙，託大家的福，做出了美味的高麗菜捲。

或許是因為王都的藥草料理風潮是由我帶起的，他們期待我用藥草做菜，導致我有點傷腦筋。

畢竟原本世界的食譜，我記得不清不楚，靠的是這裡的廚師平常用的食譜。

迫不得已，我在燉煮時用了月桂樹的葉子，通稱月桂葉，不曉得是否符合他們的期望？

大家試吃時發出小小的歡呼聲，希望是成功的。

「這就是小鳥遊小姐做的高麗菜捲啊。」

「是的。雖然與各位平常吃的比起來，幾乎沒有差異……」

高麗菜捲出現在領主家固定舉辦的晚餐會上。

無論去到哪裡，我做的料理可以說一定會跟領主一家人一同享用。

在霍克領的時候也一樣。

領主語帶感慨，不過皺葉甘藍在霍克領周圍屬於常見的蔬菜。

而且高麗菜捲也是原本就有的料理，外觀應該沒有變化。
我姑且有用月桂葉，香味可能不太一樣吧？
究竟領主他們會喜歡嗎？
我緊張地看著大家將高麗菜捲送入口中。
「稍微有點甘甜的香味呢。」
「是啊。但我聞過這種味道。」
領主夫人克勞蒂亞小姐喝了口湯，發現香氣的差異。
領主聞言也跟著提及香氣。
「我在燉煮的時候加入了月桂樹的葉子，大概是它的味道。」
「聽說月桂樹的葉子能治療關節痛。」
「是的。還有促進食物消化吸收的效果，是一種藥草。」
如領主所說，月桂葉的成分可以減緩發炎及疼痛的症狀，能用來抑制關節痛或神經痛。
因此，有時候會拿月桂葉泡茶，當成藥來喝。
領主大人說他聞過這種味道，或許是喝過月桂葉的藥草茶。
「既然有促進消化的功效，應該可以吃得比平常多呢。」
「就算這樣也不能吃太多喔。」

即使能促進消化，吃太多還是不太好。
聽見月桂葉的功效，團長說出意料之內的感想，我跟待在王都的時候一樣吐槽他，周圍傳來一陣輕笑。
他們的笑聲使我想起團長的父母也在場。
我環視周遭，看到不只領主夫人，連領主都在忍笑。
有點難為情。
我側目望向團長，他的眉頭緊皺。
可是他的耳朵都紅了，說不定是在害羞。
我觀察著他，團長似乎察覺到我的視線，並轉頭看過來。
一和我對上目光，團長眉間的皺紋就舒展開來，露出靦腆的笑容。
受到他的影響，我嘴角的笑意也更深了。
「對了，小鳥遊小姐暫時要留在這邊是嗎？」
「是的。霍克大人也是這麼說的。」
用完主菜，品嘗飯後甜點的時候，領主夫人向我提問。
聽說還得花一些時間才能調查完整塊領地，因此我點頭肯定，領主夫人則微微一笑。
「若您有興趣，要不要去我們家的別墅看看？」

「別墅？」

「是的。位於離這邊有點距離的村子，就蓋在湖邊，景色非常美麗喔。」

湖邊的別墅？

之前好像在哪聽過。

是在哪裡聽到的呀？

我陷入沉思，領主夫人接著補充：

「別墅還有溫泉喔。」

「溫泉嗎！」

這句話害我不小心發出不該在吃飯時間發出的宏亮聲音。

真的很沒禮貌，不過，誰教它就是這麼有魅力。

溫泉這個詞彙。

「難道是以前您跟我提過的，從湖畔湧出的溫泉？」

「是的，就是它！您還記得呀。」

溫泉一詞勾起我的記憶，我便向領主夫人確認，她笑著點頭。

之後她告訴我，別墅所在的村子位於領都北邊的湖畔。

這座村子有好幾處會湧出溫泉，其中一個地方就是領主的別墅。

我記得沒錯。

回想起來，上次聊到的時候，她好像也有推薦我去別墅住。

團長也有提議等討伐完魔物可以一起去。

由於發生了許多事，我不小心忘記了，領主夫人卻還記得當時的對話，再度建議我。

「聽說您在礦山耗費了不少精力。有時間的話，可以去泡個溫泉消除疲勞。」

「謝謝您！」

笑咪咪的領主夫人，身後彷彿有一道聖光。

領主夫人的建議有如天降甘霖。

雖然從討伐魔物回來已經過了一段時間，她的好意，請容我拿出十二萬分的幹勁收下。

我興奮地答應，領主夫人也露出開心的微笑。

於是，幹勁十足的領主夫人很快就做好準備，我們在三天後動身前往別墅。

◆

霍克家的別墅位於搭乘馬車往領都北邊行駛一、兩小時的位置。

要去的人有我、團長，以及擔任護衛的騎士們。

不是來自王都的所有騎士都參加，只有三分之一左右。
這次等於是去休養的，因此我們待在別墅的期間，他們會輪流放假。
別墅的不遠處，是村民居住的村落。
這邊有供邊境伯爵家的騎士及士兵使用的溫泉設施，領主說過，這次隨行的騎士也可以使用。
所以，騎士們似乎展開了一場激戰，爭奪與我們同行的資格。
人數不少也不多，但比我想像中來得少。
先不說領主，本以為邀請我的領主夫人會一起來，可惜她有要事必須處理，無法同行。
團長似乎也跟我想的一樣。
得知領主夫人不便前來，他露出超微妙的表情。
而師團長也不參加。
聽說師團長也要放假，所以我才邀請他，結果被拒絕了。
好像有地方出現比別墅周圍的魔物更強的魔物，他選擇去那邊而不是溫泉。
這個假期明明是用來紓解討伐魔物造成的疲勞，他卻跑去討伐魔物，真的莫名其妙，可是，很符合師團長的作風。
「話說回來，真令人驚訝。原來德勒韋思大人會騎馬……」

我在前往別墅的馬車裡說道，這句話指的是師團長。
出發前，要去討伐魔物的人也聚集在別墅組的集合地點。
師團長身在其中，帶著一如往常的笑容跟我打招呼，卻有一點跟平常不同。
就是他人在馬上。
如字面上的意思，騎在馬上。
平常一起去討伐魔物的時候，他跟我一樣是坐馬車去，我從來不知道師團長會騎馬。
因此，看見他騎在馬上，我內心的驚訝難以言喻。
「騎士團和宮廷魔導師團等軍部的人，在學園的期間都會學到。」
團長回答了我下意識脫口而出的疑問。
這次他難得跟我坐同一輛馬車，但不是因為師團長不在啦。
「德勒韋思大人也說過。是必修科目嗎？」
「嗯。不學就不能加入軍部。不過，想進王宮工作的人，大多都會去學。」
「原來如此。」
師團長也講過類似的話。
看到師團長騎在馬上的時候，我忍不住問他：「您會騎馬呀？」他便告訴我是在王立學園念書的期間學會的。

我本來還在納悶只對魔法有興趣的師團長，為什麼會去學騎馬，既然是必修科目，那就沒辦法了。

想加入宮廷魔導師團，就必須學習騎馬。

「咦？」

「怎麼了？」

「那個……聽您這樣說，在王宮工作的人通通會騎馬囉？」

「大致上來說。」

騎士團和宮廷魔導師團的成員自不用說，照團長剛才的說法，想進王宮工作的人幾乎都有學騎馬。

意思是不只所長，裘德跟愛良妹妹也會騎？

我不會騎耶。

我發現了比師團長會騎馬這件事更加驚人的事實，背部滲出冷汗。

現在雖然沒在學，不過，在王宮上課的時候是不是最好也學一下騎馬？

畢竟我的本行是藥用植物研究所的研究員，「聖女」感覺也多少有跟軍部扯上關係。

「聖？」

「不好意思。聽您這樣說，我在想是不是也學騎馬比較好。因為我在王宮工作嘛。」

或許是因為我都沒說話，團長擔心地呼喚我。
我愧疚地將自己的想法告訴他，於是團長手托著下巴思考起來。
「會騎馬確實更方便，可是妳應該沒什麼機會騎吧？」
「如果能騎馬在王宮和研究所之間往返，會省事許多。」
「是嗎。不過這樣我送妳的機會就變少了呢。」
「唔，這個……」
團長苦笑著對我拋了個媚眼，害我心臟漏跳一拍。
帥哥拋媚眼威力本來就很恐怖，假如又是抱持些微好感的對象……
再加上，如果帶著那種委屈的表情請求我……
我可能會忍不住答應任何要求。
不，我要冷靜點啊。
再怎麼說都不能同意。
我在內心掙扎，這時團長輕笑出聲，別過頭。
儘管聽不見笑聲，看他的肩膀微微顫抖，就知道他在忍笑。
唔……被耍了。
真是的。

希望他不要一逮到機會就來捉弄我。
我深深嘆息，團長好像也笑夠了。
「還有，我也等於是一半的軍部成員，最好要會騎馬吧。」
「若是一般士兵，確實如此……」
我說出另一個理由，以轉換氣氛，而團長則皺著眉頭支支吾吾地說。
以「若是一般士兵」為例作為開頭，後面含糊的話語很容易想像得到。
這樣啊。
就是「聖女」另當別論的意思。
「而且，聖之後外出討伐的次數也會減少吧？」
「這個嘛，說得也是……」
團長這句話使我想起現狀。
雖然還在維持警戒，王宮認為黑色沼澤事件正在逐漸平息。
平原等視野良好的地方，已經幾乎不會接獲發現黑色沼澤的報告，最近去的主要是礦山內部等不容易找到的場所。
然而，在來到霍克領之前，新的黑色沼澤出現的頻率也越來越低，可以推測這個問題正在得到解決。

如此一來，團長說得沒錯，我外出討伐魔物的機會自然也會變少。
只是討伐魔物，王宮的騎士就應付得了，用不著特地派「聖女」出馬。
意即我的「聖女」任務也即將告一段落，不會像現在這樣踏出王都。
是嗎，與團長的接觸機會也會變少呢。
討伐魔物是我和團長的共通點之一，而且占了很大一部分。
一想到再也不會有那個機會，胸口不知為何隱隱作痛，突然覺得跟團長的距離變遠了。
咦？
「但能與妳一起騎馬遠行，還滿吸引人的。」
「騎馬遠行嗎？」
「嗯。妳意下如何？」
聽見騎馬遠行，我想到的是騎馬在草原上奔馳的畫面。
在王宮的時候，團長偶爾會讓我坐在他前面，但速度比較慢，可能是因為載了兩個人。
一個人騎想必能騎得更快，風也會很舒服吧。
團長誘人的提議，將我的注意力從胸口的疼痛轉移開來。
「真不錯。」
「那就決定了。等妳方便再一起練習吧。」

我將浮現於腦海畫面的感想如實傳達出去，團長便馬上邀請我一同練習。

雖然他講得很輕鬆，可以拜託他嗎？

我應該空得出時間，可是團長還有事要忙吧？

「您願意教我嗎？」

「前提是聖不排斥。」

「怎麼會！我才要請您多多指教！」

為了以防萬一，我跟團長確認了一遍，聽到他委婉地肯定，喜悅之情頓時湧上心頭。

剛才感覺到的心痛，不知不覺消失了。

◆

我和團長聊著抵達別墅，以及回王都後的打算，時間轉瞬而逝，等我發現的時候，馬車已經來到看得見別墅的地方。

當地居民似乎經常修剪別墅周圍的杉樹林，陽光從枝葉間灑落，散發一股靜謐的氛圍。

前方的別墅，外觀超出我的想像。

本以為是木屋或木框露在外面、灰泥外牆的木造建築，實際上卻截然不同，是棟石造建築物。

儘管出乎意料，它和四周的景色十分協調，這樣也別有一番風味。

馬車停在別墅的正面。

我扶著團長的手下車，負責管理別墅的傭人們，都已經在門口集合。

我按照慣例接受他們的歡迎，並馬上請人帶我進房。

傭人帶我來到的客房位在二樓，分成寢室及會客室兩間房間。

會客室有扇與陽臺相連的大窗，外面看得見波光粼粼的湖面。

別墅西邊有座非常大的湖泊，從地勢稍微偏高的別墅看下去，風景絕佳。

二樓的這個房間視野有多好，就不用多說了。

「一樓還有大浴場，用的是溫泉水，還請您務必享受看看。」

「我很期待泡溫泉，之後會去的。」

「了解。您要入浴的時候，請和家裡的傭人說一聲。」

「謝謝。」

「那麼，請您好好休息。」

陶醉於窗外風景的期間，負責帶路的管家為我介紹這棟別墅。

如領主夫人所說，別墅裡有溫泉湧出的大澡堂設備完善。

風景好，又安靜，還有溫泉可泡。
多麼適合休養的地方啊。
我在內心決定休息一下就立刻去泡，並向說明完畢的管家道謝。

休息過後，我來到澡堂，裡面比想像中還寬敞。
差不多跟學校的教室一樣大。
天花板很高，但浴池冒出的蒸氣導致我看不清周圍。
從看得見的範圍推測，牆壁、地板和浴池疑似全是用大理石做的。
由於太過豪華，我不禁「喔——！」地大聲歡呼。
在王宮和領主家洗澡時，都是由侍女們在旁邊幫忙，今天則只有我一個。
是我夢寐以求的溫泉。
我想在不用顧慮其他人的情況下好好享受，便拜託大家讓我今天慢慢泡，贏得了單獨洗澡的權利。
能獨占這麼大的澡堂，真的好奢侈。
不過，再怎麼說都不能拜託侍女們跟我一起洗，就算拜託了，她們也會推辭，所以我決定乖乖承受獨占澡堂的罪惡感。

「是源泉溫泉！」

我移動到裡面，看清了剛才被蒸氣遮住的浴池。

浴池是沿著最裡面的牆壁所打造，熱水從位於牆上的出水口源源不斷地流進浴池中。

從浴池溢出的熱水似乎會直接排出去，這就是傳聞中的源泉溫泉嗎？我興奮起來。

沖過身體後，我興沖沖地泡進浴池，反射性吁出一口氣。

熱水的溫度稍微有點偏低，正好適合泡久一點。

看來細部構造跟原本的世界沒什麼差異。

硬要說的話，就是出水口是沒看過的形狀吧。

類似之前見到的屍龍頭部的形狀，感覺像龍頭。

與原本世界有的那種獅子頭出水口一樣，水會從嘴巴流出來，有點好玩。

觀察過一遍環境，接下來要做的只有享受溫泉了。

我靠在浴池的牆壁上，放空思緒。

然而，什麼都不想的狀態持續不了多久。

腦袋總是忍不住去想事情。

「結束了嗎……」

我思考起以後的事。

我是為了淨化過於強烈的瘴氣，才被召喚到這個世界，而那個工作終於即將走到終點。

有種告一段落的感覺，使我感慨良多。

我現在的心情，差不多就是做完一個重要的專案吧。

沒有誇張到堪稱人生的里程碑。

我之所以比想像中還冷靜，主要是因為找不到回原本世界的方法。

淨化結束不代表環境會產生巨大的變化，因此我只覺得完成了一項工作。

我也認為自己很現實，不過能像現在這樣保持相對輕鬆的心情，很大的原因是在馬車上與團長的對話。

沒想到約好要和他練習騎馬，會讓我這麼興奮。

不至於高興得想大叫，可是我的心情確實飄飄然的。

這也是因為戀愛嗎？

我從來沒經驗過，所以不太清楚，但感覺並不壞。

剩下的工作是藥用植物研究所的研究。

目前還沒有預定要結束。

未來也會跟之前一樣……

「啊……」

不小心想到不太想回憶起來的事。

我邊長嘆一口氣，邊挪動臀部，讓身體沉到更下面。

淨化的工作是結束了沒錯，接下來搞不好得專心與人社交。

世上似乎有許多想跟「聖女」締結婚姻關係的人，我經常收到茶會、晚宴等社交場合的邀約。

以前我都是拿討伐魔物當理由推掉，未來似乎不能用這招了。

老實說，我對結婚還沒什麼概念。

隱隱有種我應該遲早會結婚的感覺，卻覺得不用那麼急。

尤其是現在，我更想再享受一下對團長抱持的那種興奮感。

因為，很愉快嘛。

我再度挪動身軀，把頭擱在浴池邊緣，閉上眼睛。

好！不管那些社交活動了！

難得有機會來休息，現在只要想開心的事就好。

霍克領的討伐報告，團長會負責處理，等回到王都就來做研究所的工作吧。

得把要過冬的藥草移植進盆栽，還有一些植物要修剪，很多事要準備呢。

對了，在領都發掘到的風乾香腸保存期限很長，帶回去和研究所的大家開宴會也不錯。

所長絕對也會說想吃，不過他跟團長感情那麼好，或許已經吃過了。
還有……也想跟莉姿和愛良妹妹辦茶會呢。
在霍克領常吃的點心……好像帶不回去，不曉得有沒有人可以告訴我食譜？有困難嗎？
好吧，只能跟她們分享我的旅行經歷，作為替代了。
光是能見面就值得高興呢。
剩下就是……對了，請團長有空的時候教我騎馬。
不知道學不學得會，學會的話就騎馬一起出遠門吧。
到時氣溫肯定回暖了，做三明治帶去野餐說不定不錯。
在裡面夾香草煎雞肉，做成份量十足的三明治，團長也會很高興吧。
不只野餐，還有……還有什麼？
我猛然回神，胸口附近湧現無以名狀的熟悉感覺。
我急忙環視周遭，浴池上方瀰漫著金色薄霧。
看來我因為溫泉太舒服的關係放鬆下來，讓魔力不小心向外溢出了。
咦？這個，怎麼辦……
我只愣了一瞬間。

然後仗著浴池裡只有我一個人，立刻發動「聖女的法術」，接著，整座浴池發出光芒。
光芒消散後，我捧起浴池裡的水，裡面飄著金色的細絲。
發動前我祈禱的，是溫泉讓我聯想到的關鍵字。
消除疲勞、治療腰痛和肩膀僵硬、皮膚變光滑等等……
由於只有一瞬間，無法分辨附加了多少效果，只能確定多了神祕的功效。
而且，這裡是源泉溫泉。
浴池裡的熱水之後應該會通通換新，看不出「聖女的法術」發動過的痕跡。
好險好險。
我在溫暖的溫泉裡流了一些冷汗，決定趁還沒造成更多問題前離開浴池。

◆

溫泉、採集植物、調查市場兼邊走邊吃……
當我休息到覺得「我玩得這麼瘋沒問題嗎」的時候，霍克領全區的魔物出沒情況調查結束了。
魔物的數量好像順利減少了。

大家都為這個好消息振奮不已，再次設宴慶祝。

接著，在召開宴會的數日後，我們啟程返回王都。

「這次真的非常感謝各位的幫忙。」

「不會。我才要感謝您們這麼用心的招待。」

我在回程的馬車前，與領主進行最後的道別。

領主已經跟我道過好幾次謝。

是日本人的天性使然嗎？看他這樣一直低頭鞠躬，我有點不好意思。

到現在還是不習慣呢。

我想辦法露出笑容回應面帶柔和微笑的領主，並擔心自己的嘴角有沒有在抽搐。

「社交季的時候我們也會去王都，如果妳願意來我們家玩，我會很高興的。」

「到時觀光地化的草案應該也擬好了，希望您可以再指點一二。」

領主夫人接在領主後面和我道別。

泡完溫泉回來後，我與領主夫人一起喝茶聊天，討論美容方式。

提到可以把溫泉水做成化妝品的時候，她非常激動，可惜在霍克領做不出來。

霍克領湧出的溫泉水，不適合治療皮膚病。

於是，我提出可以開發有溫泉湧出的村子，作為替代方案。

領主夫人還記得我以前在晚餐會提過的事，並詢問我的故鄉是如何利用溫泉的。

我跟她聊了日本的超級澡堂和ＳＰＡ，領主夫人聽了十分激動。

我一面請亢奮的領主夫人冷靜下來，並建議可以把目前只有領都的士兵使用的溫泉，改成一般民眾也能用的設施，試圖稍微轉移話題。

也提到士兵們可以免費使用，當成一種福利，一般民眾則採用收費制。

村裡湧出的溫泉水雖然不適合皮膚病患者泡，倒是可以治療肌肉、關節發炎和呼吸系統疾病。

我想一般民眾大概也會用得到。

不只領主夫人，領主聽見後也起了興趣。

由於領主也向我提問，我便向他介紹日本的各種溫泉設施，接著，領主馬上決定將那座村子改成觀光地。

該說不愧是領主嗎，做決定的速度非常快。

「艾爾，偶爾也過來看看吧。」

「好的。來王都的時候請再聯絡我。」

在我思考該如何回應領主夫人的邀約時，話題轉移到團長身上。

這段對話頗有一家人的感覺，好溫馨。

我邊微笑邊注視著他們，團長告訴領主夫婦要招待我去王都的宅邸作客時，把邀請函寄到王宮即可。

茶會等寄給我的邀請函，會先由王宮審核。

這是為了避免我在還不熟悉貴族派系及家族關係時，不小心答應奇怪家族的招待所制定的對策。

最近我在王宮學了不少，大部分的注意事項都記住了。

不過拒絕的時候還得思考信要怎麼寫，太過麻煩，所以我才一直維持現狀。

霍克家是在上一代娶了王女，與王家關係密切的家族。

王宮收到邀請函後，應該會與艾斯里侯爵夫人的邀請函一樣，直接送到我手中。

但我同時也覺得不須透過王宮，直接給我也行，才會煩惱該如何回答剛才的邀約。

這時團長出面幫我做出回應，我非常感激。

王宮之前就通知過各家貴族，給我的邀請函要寄到王宮，因此領主夫婦點頭表示理解。

「那麼，我們差不多該走了。」

「嗯。下次見。」

「小鳥遊小姐，真的很感謝您。期待我們於王都再會的那一天。」

「好的。我才要謝謝兩位。」

與領主夫婦的對話告一段落後，我們便出發了。

我扶著團長的手坐上馬車，過了一會兒，馬車開始前進。

我從車窗對領主夫婦輕輕揮手。

就這樣，黑色沼澤淨化完畢，我的「聖女」任務到此告一段落。

第三幕　分室

「嗯——」

「聖——？妳怎麼了？」

「啊，裘德。工作辛苦了。」

從霍克領回來後，再也沒聽說發現新的黑色沼澤的消息。

本來想說「聖女」事業要歇業了，結果我要做的事並未改變。

今天我也在研究所藥草園的個人田地前面，考慮種植新藥草。

這時出現的是熟悉的人物。

聽見悠閒的聲音，我轉頭一看，裘德疑惑地歪著頭。

「我在想要把新藥草種在哪裡。」

「新藥草，在霍克領採集到的？」

「除此之外還有許多其他的。」

在霍克領採集到的植物中，有好幾種具備能稱之為藥草的效果。

其中存在研究所尚未栽培的植物，我想種種看能在今後的研究派上用場的種類。

只不過，想種的不只霍克領的藥草。

克勞斯納領和迦德拉送來的東西中，也有我想種的植物。

「哦——雖然不知道妳要種什麼，但現在種會不會太早了？」

「對呀，應該會再等一段時間。可是……」

裘德說得沒錯，現在的季節是冬天。

這個季節不適合種藥草的種子。

不用想就知道會長不好，因此我也不打算硬著頭皮種下去。

那麼，我站在田地前面煩惱什麼呢？答案是土地。

克勞斯納領和迦德拉寄來的藥草種子，是送給研究所的。

使用權當然屬於研究所的所有研究員。

將珍稀的藥草種子交給熱愛藥草的人會有什麼下場，想像一下就會明白。

大家都會種起感興趣的藥草。

結果就是研究所堪稱廣大的藥草園，這陣子一直維持爆滿狀態。

「空間啊。」

「沒錯。就算想擴張自己的田地，也沒那個空位。」

「要不要請人讓妳用公共空間？」
「那大概也有困難。用來製作騎士團委託的藥水所需的田地不能縮減，借用其他地方又可能引發爭奪戰。」
「啊——說得也是。」
藥草園裡面也有共用的田地，那裡種了許多研究所經常用到的藥草。
製作騎士團訂購的藥水所需的藥草，也是在那邊栽培。
從共用一詞看得出，研究員可以在一定期間內使用其中的一部分，不過，能夠使用的空間不大。
所以，研究員們最近都在為爭奪田地展開激戰。
裘德的研究對象主要是藥水，因此他雖然有個人用的田地，卻不至於要擴張。
但他還是知道藥草園的空間有多吃緊。
聽見爭奪戰一詞，裘德用力點頭，一副可以理解的態度。
「要不要找所長商量看看？」
「所長嗎？」
「所長應該也注意到最近田地空間不足了，會幫忙想解決方案吧？騎士團用的藥草，也可以改成通通跟商會採購。」

裘德說得確實沒錯。

不管是要擴張個人用的田地，還是徵求使用共用田地的許可，都需要經過所長的同意。自己在這邊煩惱，事情也不會有進展。

「也對。我去問問看所長。」

「嗯。這樣比較好。」

整理好思緒後，我點頭贊成裘德的建議，他也笑著回應我。

於是，在對我揮手的裘德的目送下，我快步前往所長室。

「擴張田地？」

「是的。等到了春天，我想種新藥草，可是空間有點不足。」

「噢，最近很擠對吧。我也有很多想種的植物……」

和裘德不同，所長的研究對象是藥草。

他祭出所長特權，擁有比其他人更大的個人田地，也有使用共用田地的其中一部分。

看來藥草園擠到連所長都在猶豫要不要多種藥草。

或許因為我們擁有同樣的煩惱，明知道有困難，所長還是願意幫忙思考解決手段。

我告訴他這次前來所長室的用意，所長皺眉用右手撫摸下巴。

然而，他好像想不到好主意，把手從下巴移開，嘆了一大口氣。

「我會試著跟王宮申請，但要擴增藥草園的面積，可能有難度。」

「是嗎？我看還有空位。」

「那也是有特定用途的吧。之前申請的時候就被拒絕了。」

「原來您已經申請過了。」

「是妳來之前的事，現在搞不好會有不同的處理方式。」

「那再申請一次看看吧。」

儘管不知道上次申請是什麼時候的事，所長說得沒錯，時至今日情況或許會有所不同。

俗話說死馬當活馬醫，提出意見也未嘗不可。

我推了所長一把，建議他再申請一次，而神情嚴肅的所長突然露出奸笑。

我有點不祥的預感。

「怎麼了？」

「沒有啦。再申請一次也可以，但如果只要滿足妳一個人的需求，還有更好的辦法。」

什麼好辦法？

我一個人這部分令人在意。

我不禁皺眉，所長便笑著說道：

「只要跟陛下說一句妳想要種植藥草用的土地，他八成會立刻為妳準備。」
「您指的不會是之前提過的領地吧？」
「也可以這麼說。」
「我拒絕。」
不祥的預感原來是這個……
之前有說要給我領地當成報酬，結果我回絕了。
怎麼又把這件事翻出來講？
我板著臉斬釘截鐵地拒絕，所長也露出苦笑。
「妳還是老樣子。」
「因為報酬我已經收到了。」
幫我安排在王宮上課，以及進入禁書庫閱覽的權利。
這些是我代替領地收到的報酬。
事到如今，我可沒有臉開口說想要追加一塊領地。
然而，所長似乎有不同的意見。
「就算妳說已經收到了，可是在那之後，妳又立下不少功績耶。我認為陛下又會為妳準備報酬喔。」

「就算是那樣，給我領地，我也沒能力管理。」
「跟商會一樣，交給值得信賴的人不就得了？」
「因為您不是當事人，才有辦法講得那麼輕鬆。」
功績是那個嗎？
去各地淨化黑色沼澤的份？
那部分的報酬不是與研究所的薪水分開算嗎？
還是那單純是前往各地遠征的報酬，淨化成功的報酬要另外算？
可能因為手頭還算寬裕吧，我的收入來源不只一個，有研究所的薪水、商會的分紅與參加魔物討伐的報酬，卻對這方面毫不關心，這樣好像不太好。
之後得仔細確認一遍。
先不說這個了，雖然我記不太清楚，既然所長這麼說，王宮感覺很可能又會提這件事。
領地啊……
就算所長說跟商會一樣管理就好了，但這件事的規模與要背負的責任感覺不一樣，該怎麼辦？
雖說可以讓代理人管理，由於事情太超乎想像，實在很難立刻下決定呢。
「不過，有領地就能自由種植喜歡的藥草囉？」

「唔……」

「不只藥草。迦德拉的蔬菜也能栽培喔？」

「唔唔……」

「而且以陛下的個性，還會幫妳連傭人都準備好。換成是我就收下了。」

我嘴上拒絕了，所長卻彷彿看穿我內心的糾結般，誘惑我答應。

的確，能自由使用遼闊的田地很吸引人。

並且，在研究所難以栽培的蔬菜，也能愛怎麼種就怎麼種。

這麼說來，該不會連米都能種吧！

不不不，我要冷靜點！

我搖搖頭，驅散誘惑。

「不行就是不行！」

「知道了，知道了。」

儘管非常吸引人，但怎麼想我都不是擔任領主的料。

而且，當上領主的話離研究所會變遠吧。

總覺得那樣有點寂寞。

我改變想法，拒絕這個提議，於是，所長無奈地笑著點頭。

和所長講完這件事的數日後。
我從所長口中得知衝擊性的事實。
「研究所要設立分室了。」
什麼！

◆

「分室是什麼意思？」
所謂的分室，是將研究所的一部分獨立出來，設置於其他地方的機構，用公司來譬喻就是分公司。
要新設立一個分室，代表前幾天聊到的藥草園擴張事宜，所長重新跟王宮申請許可了？
他該不會跟國王陛下說我想要土地吧？
我懷著些許的不安凝視著所長，所長便帶著苦笑開始為我說明。
聽說他不是去跟王宮重新申請，而是因為另一件事被宰相叫過去。
如同所長前幾天所言，是關於要給我的新報酬。

不出所料，第一個提出的報酬是土地。
跟以前一樣，除了土地還有爵位可以選擇，因為我前幾天才講過那種話，所長便通通幫我回絕了。
拒絕大人物的要求非常累，所以我很感謝所長。
最後，報酬決定以金錢支付。
「我明白了，那麼為什麼會變成要設立分室？」
「講完報酬後，我在與宰相閒聊時問他能不能擴張研究所的空間。」
據所長所說，王宮對於擴張藥草園一事抱持積極態度。
可惜研究所周圍的土地沒有空位，想擴張也不知道該從何下手。
這時提出來的就是設立分室這個主意。
離王都不遠處正好有個適合的地方，他們便討論起要不要蓋在那裡。
「研究所會分成兩區嗎？」
「雖說是分室，主要是以藥草園為中心，沒到分成兩區那麼誇張。」
「那就只是在王宮外多出一座藥草園囉？」
「嗯，差不多。」
藥草的生長條件，當然會視種類而有所差異。

將那些條件調查清楚，也是藥用植物研究所從事的研究之一。

新的藥草園會離王都多遠呢？

既然在不遠處，土壤及氣候的差別應該不大吧？

若有顯著的差異，倒是可以拿來做研究。

啊，不過當初是說想擴張藥草園，搞不好他們會刻意打造跟王宮一樣的環境。

「有興趣嗎？」

「咦？」

「新的藥草園。」

在我認真思考之時，所長咧嘴一笑。

看來被他發現我在想像新的實驗環境了。

即使有點害羞，我還是誠實地點頭，而所長也點了好幾下頭。

「我也是。」

「我也是？」

「新的藥草園保密措施做得比這邊還要好，也可以種之前不能種的植物。」

「是那樣嗎！」

看我反應這麼激動，所長喜孜孜地解釋起來。

研究所也位在王宮的範圍內，因此有一定的安全性。

然而，像之前那樣有國外的重要人物來視察時，就會有外人出入。

分室好像不同。

相關人士以外的人，一律禁止進入。

這樣的話如所長所說，分室就能種植基於安全因素不方便種在研究所的藥草了。

所長想種的藥草，大概也包含在內。

他的語氣輕快，心情非常好。

「好慎重喔。」

「嗯。保密措施是戈爾茨大人提議的。王宮好像也希望珍貴和特殊的植物種在那邊。」

我將感想如實傳達出去，所長邊說邊對我投以意味深長的視線。

為什麼要看我？

珍貴和特殊的植物？

我頭上瞬間冒出問號，接著立刻想到他在指什麼。

我栽培的植物兩者皆是。

經他這麼一說我才想到，我種的植物各式各樣，從單純不常見的到需要**特殊**生長環境的種類都有。

前者是迦德拉送的特有種，後者是克勞斯納領的柯琳娜女士分給我的。

其中需要嚴格看管的是後者。

特殊的生長環境，指的是與「聖女的法術」有關的環境。

克勞斯納領和研究所那種用「聖女的法術」祝福過的田地，就是最具代表性的例子。

除此之外，雖然這個與環境無關，還有因為我用「聖女的法術」強制促進生長的關係，不小心附加上奇怪效果的蘋果樹。

為了保障我的人身安全，淨化瘴氣以外的能力都要儘量保密，那些東西通通不能公開。

因此克勞斯納領的田地自不用說，研究室的田地和蘋果樹也受到嚴格的管理。

從所長的語氣及視線推測，應該是想把這些需要管理的東西隔離到分室吧。

如此一來，我管理的田地是不是會全部移到新的藥草園？

「所以，新的藥草園可能有一半會由妳使用。」

我在思考之時聽見所長語帶調侃的聲音，回過神來。

不知道新的藥草園有多大，但一半會不會太誇張了？

「剩下一半是由所長使用嗎？」

「我一個人用的話，其他人會有意見吧。」

我回了一句報復他，卻得到比想像中更認真的答案。

所長說得沒錯，有好幾個研究員想種植因為安全因素而不能種的藥草。

若我和所長獨占新的藥草園，他們肯定會有怨言。

「說得也是，其他人也有想種的植物。可是讓我們兩人以外的人用沒關係嗎？」

「制定機密等級，視等級劃分使用區域及能踏進該區域的人，就沒問題了吧。」

「啊，也對。」

要種植與「聖女的法術」有關的藥草，讓所長和我以外的人出入沒關係嗎？

我提出這個疑惑，所長立刻說出解決方案。

看他腦筋動得這麼快，真不愧是所長。

「哪些植物要從這裡移到那邊，我之後再跟妳說。妳先準備一下，以便分室整頓好就能搬過去。」

「我明白了。」

聽完一連串分室的說明後，所長叫我先準備要移植的藥草。

我在腦內思考移植的步驟，並點頭回應。

過了幾天，所長宣布了分室的使用者以及要從研究所藥草園移植過去的藥草。

除了所長和我，還會有數名研究員使用分室的藥草園。

儘管有一堆人想擴張自己的藥草田，但能用的土地畢竟有限。
為此，想擴張的人之間好像展開了激烈的爭奪戰。
光靠討論無法決定人選，最後由所長自己決定。
他說他是以想種植機密性較高的藥草的人為優先。
而獲選的人是想種來自迦德拉的藥草，以及毒性強烈、必須非常小心處理的藥草。
決定好人選，各自做好準備時，我們收到分室也已經整頓完畢的通知。

◆

研究所獲賜的新土地，是王家的領地之一。
離王都很近的那塊土地，聽說挺肥沃的。
竟然拿那麼好的地方給我們當研究所的藥草園，國王陛下真慷慨。
也許他就是這麼重視栽培藥草和開發藥水。
分室所在的城鎮跟斯蘭塔尼亞王國的一般都市一樣，由石造城牆圍住。
城牆外面是原本就有的廣闊麥田。
分室的藥草園位於城牆內側，包圍分室建築物的圍牆中。

有兩道圍牆，而且還在分室的用地內，聽起來很小，實際上卻非常寬敞。
分室的用地本身很大，藥草園又占了其中大半部分，所以面積不會輸研究所的藥草園。
建築物則是利用領地管理員所使用的房子的一部分。
在分室上班的研究員不多，再加上管理員所使用的房子很大，是共用的原因之一。
至於到底有多大，與王都的貴族宅邸比起來都毫不遜色。
另外，裡面有許多本來沒在用的房間，那部分就當成分室來使用。
蓋新房子花錢又花時間，我覺得有效利用多餘空間的這個主意很不錯。
提供給研究員的房間除了處理事務性工作的房間外，還有製作藥水用的房間等，準備了好幾間房間。
客人來訪時會用到的會客室、研究員來分室時住的客房等等，是與管理員共用。
共用的房間會由管理員幫忙打掃，真的太感謝了。
擁有廣大空間及豪華建築物的分室，稱之為第二研究所都不為過。
這麼大規模的設施，照理說會有另一位負責人，但分室的負責人也是由所長兼任。
剛聽說時，我擔心他除了研究所外還得管理分室，會不會過勞，所長卻表示不成問題。
管理員每個月都會提交報告書，幫助身在王都的所長。
我接著換成擔心管理員的負擔會不會太重，但這裡原本就是他負責管理的土地，似乎沒有關係。
所長也好，管理員也罷，他們都好能幹，我深感佩服。
「啊，妳好。」
「您好，聖小姐。」
我蹲在分室的藥草園，觀察從研究所移植過來的藥草時，後方傳來踩在土地上的聲音。
我回頭想確認是誰來了，便看見一名性感的美女面帶微笑站在那裡。
天藍色的頭髮簡單地盤起，彎成新月形的細長雙眼是銀灰色的。
這位女性非常美貌動人，位於左眼眼角的淚痣顯得特別妖媚。
今天她也穿著樸素的禮服，卻和那身藏不住的好身材相映成趣，散發出一股彷彿帶有香味的美豔氣息。
她是管理員的秘書薩拉小姐。
薩拉小姐年紀看起來跟我差不多。
我知道她是一位成熟的女性，實際年齡卻不得而知。
她好像還沒結婚，是與我年紀相仿的單身女性，我來了幾次分室就跟她混熟了。
「還好嗎？」
「託妳的福，長得滿好的。它們都順利扎根了。」

「那真是太好了。」

薩拉小姐從後方窺探我的手，並詢問植物的狀態。

我判斷這個情況下的「還好嗎」問的不是我，而是藥草，聽見我的回答，薩拉小姐笑得更加燦爛。

她之所以能踏進戒備森嚴的藥草園，當然是因為有國王陛下的允許。

薩拉小姐身為王家領地管理員的秘書，深得陛下的信賴。

用不著說明，管理員同樣可以進入藥草園。

能夠進到這裡的除了薩拉小姐他們，還有這棟房子的園丁。

分室的藥草園所種植的藥草不僅機密性高，也難以培育。

所以才會請植物知識豐富的園丁幫忙。

當然不只是單單擁有入園許可。

以所長為首，我和其他研究員、管理員、園丁等有權進入這座藥草園的人，都與王家簽了保密協議，以免在藥草園得知的情報洩漏出去。

「薩拉小姐是來休息的嗎？」

「是的。我拿到了新茶葉，想邀聖小姐一起喝茶。」

「謝謝妳！請務必讓我加入。」

薩拉小姐喜歡品茶，聽說從分室設立前開始，每到休息時間她一定會喝茶。剛開始到分室的時候，她在我喝藥草茶時跟我搭話，成了我們變熟的契機。彼此都喜歡喝茶，第一次見面就聊得不亦樂乎，這或許也是我們成為朋友的理由。

而她今天也在休息時間前來邀請我喝茶。

新茶葉會是什麼樣的茶葉呢？

藥草茶她大部分都有了，所以是紅茶囉？

不管是哪一種，我都很有興趣。

我用力點頭，答應這個誘人的邀約，薩拉小姐臉上的笑意更深了。

薩拉小姐不愧是個愛喝茶的人，似乎對品茶有許多堅持。

因此一直都是由薩拉小姐幫忙泡茶，她的技術也非常好。

今天泡的是紅茶，與人稱泡紅茶的技巧無人能出其右的王宮侍女泡的茶同樣美味。

有什麼可以答謝總是泡美味的茶給我喝的薩拉小姐嗎？

我思考著最近有沒有什麼好主意，而在今天的茶會上聊到化妝品時，突然想到可以送她化妝品。

位於王都的「聖女」商會販售的化妝品，在貴婦圈相當受歡迎。

有時候還會因為太搶手，導致部分商品缺貨。

不過干涉商會的出貨順序會產生問題，所以不行，送自己做的東西倒是可以。

雖然那個效果增強五成的魔咒很恐怖，只要給她稍微修改過配方的版本，就能以此為藉口蒙混過去吧。

「哎呀！可以嗎？」

「是的。用來答謝妳一直請我喝好喝的茶。」

大概有個方向後，我詢問薩拉小姐方不方便送她禮物，她高興得兩眼發光。

很好很好。

於是，決定好要送她化妝品時，茶壺裡的茶也喝完了，茶會便宣布散會。

那麼，要做什麼好呢？

缺貨的是用玫瑰精油做的乳霜，那項商品挺貴的。

就算我不介意，薩拉小姐可能會不好意思收。

那要送基本款嗎？

基本款是用薰衣草精油做的系列，把配方改一下如何？

啊，這麼說來，正好有適合搭薰衣草的精油。

是我最近做的，同樣很有效。

由於它太過貴重，還不能擺在店裡賣，拿來掩飾效果增強五成的魔咒剛剛好。
我踏著輕快的步伐再度走向藥草園，打算回研究所後立刻動手製作。

◆

「聖小姐！」
將回禮送給薩拉小姐後，我時隔兩天來到分室的藥草園，走向我要找的藥草，這時，有人從背後叫住了我。
熟悉的女聲使我回過頭，不出所料，薩拉小姐帶著溫柔的微笑走過來。
我剛抵達分室而已。
王宮才開始上班一小時左右，可以說一天才剛揭開序幕。
雖說分室離王都有段距離，上班時間跟王宮應該不會有太大的差異。
平常只會在休息時間和我聊天的薩拉小姐，從來沒有在這種時候找過我。
我一面覺得稀奇，一面笑著對她道早。
「早安，薩拉小姐。」
「早安。謝謝您之前送的乳霜！」

她開口第一句話，就是帶著燦爛的笑容向我致謝。
薩拉小姐說的乳霜，應該是我用來答謝她請我喝茶的謝禮。
看這樣子，效果十分顯著。
「不客氣。膚況有沒有變差？」
「完全沒有！自從我用了您送的乳霜，皮膚的狀況非常好。」
「那就好。」
看到薩拉小姐高興地對我說話的樣子，我也很開心。
我跟著露出微笑，薩拉小姐期待地凝視著我，並開口詢問：
「那個乳霜是您開的店販售的商品對吧？」
「不，其實是特製的……」
「原來如此！」
「是的。和店裡賣的東西配方不同。」
薩拉小姐提出的問題，在我的意料之中。
店裡之所以賣化妝品，也是因為之前送莉姿化妝品後，貴族千金們紛紛表示想要購買。
開始與貴婦們交流後，也聽過好幾次同樣的意見。
因此我有預料到如果她喜歡，八成會問同樣的問題。

然而，這次我無法回應她想購買的要求。

畢竟我用的材料比較特別，若是拿去市面上販賣，價格會比現在最受歡迎的玫瑰精油乳霜還高。

當初，我因為玫瑰乳霜太貴，才自己製作回禮，結果興致一來，不小心投注太多精力。最後做成比玫瑰乳霜更高級的東西。

能把增強五成的魔咒掩飾過去是很好，但我深深覺得自己做得太過頭了。

「意思是，店裡沒有賣……」

「是的。因為有用到特殊的材料……」

我送給薩拉小姐的乳霜，除了店裡賣的乳霜也有使用的薰衣草，還包含各種在原本的世界裡號稱對皮膚很好的材料。

最具代表性的是乳香，自古以來被當成貴重物品的香味樹脂。

跟薰衣草一樣，這種樹脂也能萃取出精油。

採集得到乳香樹脂的樹木不耐寒，所以這個國家沒有自然生長的乳香樹，但我在數個月前偶然發現王宮的溫室有種。

機會難得，我索性拿來用，可是放在店裡賣的化妝品，當然不能用王宮溫室的樹製作。

再說，樹也沒多到足以量產乳霜。

除此之外，還加了拿來做最上級ＨＰ藥水的藥草，不曉得會不會幫助皮膚再生。
我將它們統稱為「特殊的材料」，不過話一說出口，我就擔心起她會不會以為我加了怪東西進去。
「啊！裡面當然沒有對皮膚不好的東西，送給妳之前我就試用過了。」
「我知道。我有照您所說先用手臂測試，確認沒問題。」
我急忙補充，而薩拉小姐不僅表示理解，還對我點頭。
見狀我為此鬆了口氣。
正如同我對她說的，自己做的化妝品，我都會先行試用過。
這叫貼布試驗，將化妝品抹在手臂內側等部位，放置一段時間後，檢查肌膚會不會刺痛或泛紅。
每個人體質不同，因此我請薩拉小姐塗在臉上前先抹在不易引人注目的地方測試。
看來她有聽從我的建議，試過後才拿來用。
「原來您用了貴重的材料。竟然送我這麼有價值的東西……」
「與其說貴重，單純只是不常見而已。請妳不要放在心上。」
薩拉小姐疑似把「特殊」理解成「貴重」的意思，臉上的笑容因愧疚而消失。
錯不在她。

是我不好。

純粹是我在製作過程中嘗到樂趣，有點在功效上面下太多工夫，真的希望她不要介意。

我急忙重新解釋一遍後，薩拉小姐感動得眼泛淚光，展露微笑。

我看過這種表情。

啊，是那個。

第二騎士團的人們。

為何連薩拉小姐都對我投以崇拜的目光？

我送她的乳霜那麼有效嗎？

我自己試用的時候不認為有那麼厲害的效果，其實是有的嗎？

我隱約有股不祥的預感，並對薩拉小姐的視線感到不太自在時，正好有個人在這絕佳的時機跟我們打招呼。

「打擾了。」

「啊，保羅先生！早安。」

「早安。」

和我們打招呼的保羅先生，是在分室管理園丁的園丁長。

他是一名壯年男性，頭髮及瞳色是這個國家常見的深褐色，目光銳利、體格強壯，因此不說話的時候會給人一種莫名的壓迫感。

那沉默寡言的個性，或許也是壓迫感的來源。

平常幾乎不會主動與人說話的保羅先生來找我們，應該是有什麼事。

我面向保羅先生並聽他說話，他好像想問跟照顧藥草有關的問題。

邊看藥草邊講大概比較好懂，於是我們決定移動到種藥草的區域。

由於碰巧順路，要回宅邸工作的薩拉小姐也和我們同行。

我們兩個走在保羅先生後面，走著走著，我發現他的姿勢不太對勁。

左腳有點拖地。

他平常是這樣走路的嗎？

我有點在意，便叫住了他。

「保羅先生。」

「請問有什麼事？」

「你的腳受傷了？」

聽見我呼喚他的名字，保羅先生停下來回過頭。

我看著他的左腳詢問，保羅先生先「噢」了聲，才回答：「是舊傷。」

他說這個傷是很久以前留下的，幾乎已經痊癒，可是天氣不好的日子就會痛。

經他這麼一說，我仰望天空，雲層密布。

原來如此，今天天氣不好。

是說，舊傷啊。

即使平常沒事，天氣一變差就會痛，很傷腦筋吧？

而且，好像也不是遲早會好的傷。

如果治得好，最好治一下吧？

幸好我的回復魔法很有效。

正常方式處理不了的舊傷，也能輕易治好。

跟我做的藥水和料理的效能不同，而且還不必隱藏。

對誰都提議讓我幫忙治療可能會出問題，但藥草園的事，未來大概得請保羅先生多多關照，靠同事特權治好他好像也沒關係。

反正在研究所的時候，我偶爾也會治療同事。

嗯，好，就這麼辦。

既然決心已定，剩下就是採取行動。

我立刻詢問他方不方便讓我幫他治療。

「可以幫你治療看看嗎？」

「咦？」

我提出要求，在旁邊聽的薩拉小姐驚呼出聲。

一般而言，藥水或回復魔法都治不好舊傷，她會嚇到很正常。

說不定她連我會使用回復魔法都不知道。

考慮到這個可能性，我加以補充。

「我很擅長回復魔法。」

「擅長回復魔法的人就治得好嗎？」

「似乎是的。那麼，你意下如何？」

回復魔法的效果與聖屬性魔法的技能等級有關。

聖屬性魔法技能的等級通常最高只到十級，我的卻是莫名其妙的「∞（無限大）」，稱之為擅長也不為過吧。

然而，不是說擅長的人都能治好舊傷，所以她這樣問，我也不知道該如何回答。

為了不再被追問下去，我點頭回答帶著訝異的表情反問我的薩拉小姐，順口將話題帶回保羅先生身上。

接著，表情始終沒有任何變化，彷彿事不關己的保羅先生表示「麻煩您了」，於是我立刻使用「治癒」。

「感覺怎麼樣？」
「不痛了。」
用了「治癒」後，平常表情幾乎不會有變化的保羅先生，微微睜大眼睛。
等到使用魔法發出的光芒消散，保羅先生在原地踏步，應該是想確認舊傷治好了沒。
為求保險起見，我詢問他的狀態，他說已經不會覺得痛了。
「之後還會痛的話請跟我說，我再幫你治療。」
「知道了，謝謝您。」
我是覺得治好了啦，不過後續追蹤也很重要。
我告訴他如果會不舒服，可以再幫他施術，保羅先生便深深一鞠躬，向我道謝。
在這之後，過了好一段時間我才知道，我送薩拉小姐的乳霜其實發揮出驚人的功效，而且「聖女」的信徒又悄悄增加了。

幕後

聖從霍克領回來後，特務師團團員依然分頭前往各地，搜索黑色沼澤與調查魔物數量。

國王在辦公室看完定期提交的報告書，吁出一口氣，一副工作告一段落的模樣。

「這就是最後了嗎？」

「是的。全國的魔物數量可以說回到了正常數值。」

送來報告書的宰相，回答了國王近似自言自語的發言。

關於黑色沼澤，在霍克領發現後，就再也沒有出現新的。

各領地提交的報告書上也提到，魔物數量恢復成單憑領地居民即可應付的程度。

國王看完的報告書，即為最後一份送來的。

透過齊全的報告書，國王與宰相判斷瘴氣的問題已經平息。

「感覺起來既漫長，又短暫。」

「這全是拜聖小姐所賜。」

「是啊。」

國王感慨良多，宰相在他身後說出主要功臣的名字。

兩人想到的都是聖。

無論瘴氣變得有多麼強烈，「聖女」都遲遲沒有出現，他們迫不得已才舉行「聖女召喚儀式」，從異世界召喚這名女性。

剛被召喚過來，第一王子就對她百般失禮，不過聖依然答應國王他們的請求，前往各地驅散令他們束手無策的瘴氣。

而且，聖的貢獻不只有文件上所寫的瘴氣淨化。

發明更有效的藥水、發現料理技能的效果、賦予強大的魔法與治療重病患者。

除了自古以來視為機密的「聖女」能力外，她還憑藉原本世界的知識幫助振興地區等，在各方面發揮超出期望的能力。

「有很多事必須考慮，首先是報酬吧。」

「這問題真令人苦惱。」

「嗯。她可是個無欲無求的人……」

宰相如他所說，皺眉露出苦惱的表情，國王則面帶苦笑。

聖拯救了這個國家。

不只研究所的薪水，討伐魔物的報酬也有另外支付給她，不過從聖的其他功績來看，這些錢怎麼想都不夠。
考慮到貴族的觀感，身為國王，有必要給她更多報酬。
問題在於聖寡欲的個性。
站在國家的角度，就算撇除掉「聖女」這個因素，還是會想給她爵位、領地等可以綁住她的報酬，好把優秀的聖留在這個地方。
可是，一般人會高興的那些報酬取悅不了聖。
反而會令她感到厭惡。
至今以來，她想要的全是在王宮上課的資格、禁書庫的閱覽權等沒有實體的報酬。
在聖的要求下幫藥用植物研究所建造的澡堂以及食堂，屬於國家機關的東西，不能包含在內。
她會收下的頂多只有生活所需的金錢。
不想做聖不喜歡的事，卻不得不為國家利益著想的兩人，為此煩惱不已。
最後，他們決定先去詢問比自己更了解聖的人。
是上次也跟他求助過的研究所所長約翰。
「我認為有困難呢。」
「有困難嗎？我們是有考慮授予她公爵的爵位。」

「……真是史無前例的待遇，但她應該不會想要。」
國王與宰相的期待，在進入正題前輕易遭到背叛。
兩人首先表明想給聖幫忙淨化國內瘴氣的報酬，藉此開啟話題，這時，約翰就已經陷入沉思。
國王他們本想在這之後和約翰商量要給什麼比較好，結果在那之前就遇到瓶頸。
儘管如此，宰相仍未放棄，提出了授予爵位的方案。
雖說聖在原本的世界是一般人，他們打算為地位與國王同等的聖，安排在斯蘭塔尼亞王國只有王家血脈有資格受封的公爵爵位。約翰聞言，其中一邊的臉頰抽搐了一下。
大概是感覺到國王和宰相的決心吧。
不過，為了尊重聖的意見，他好不容易對國家的兩位首腦說出否定的話語。
「領地如何？」
「領地也一樣。」
「她果然不想要爵位和領地嗎？」
「是的。我委婉詢問過幾次，她都表現出排斥的態度。」
「這樣啊……」
明知沒什麼希望，宰相依然接著提問，約翰卻沒有點頭。

在一陣尷尬的氣氛中，國王像要放棄似的咕噥道，而約翰的回答又印證了他的推測。

如今國內的瘴氣大部分都淨化完畢，他應該早已預料到王宮遲早會提到報酬的問題。

在被兩人傳喚過來之前，約翰就已經針對聖調查過。

雖然被兄長洛蘭特的光芒掩蓋住了，約翰也是個精明幹練之人。

與權力保持距離，卻善於維持中立的政治立場，甚至足以站上研究所所長的位置。

這就叫所謂的觀察力敏銳嗎？

他擅長先行採取行動，做事總能搔到癢處。

這次那個特技也毫無保留地發揮出來。

最大的功臣都還沒收到酬勞，總不能先給其他人吧。

這樣下去，在騎士團和宮廷魔導師團大顯身手的人也拿不到報酬。

而這又代表什麼意思？

就算聖不想要，唯有這次，她不得不收下。

宰相正準備拿這當理由說服聖，約翰就搶先呼喚：「閣下。」

「什麼事？」

「在這種場合提出要求，深感惶恐，其實有件事想請您幫忙。」

宰相用視線催促面帶苦笑的約翰說下去。

而約翰所說的，是研究所藥草園的擴張事宜。

「我以前也申請過一次，當時沒有通過。我們一直設法騰出空間，但研究所種的藥草越來越多，差不多快到極限了……」

「所以你想再申請一次。」

「是的。」

宰相用手托著下巴思考約翰說的話。

表面上是想請宰相幫忙，好讓被駁回過一次的申請能夠通過。

然而，國王和宰相都聽得出沒那麼簡單。

約翰一副順便提到這件事的樣子，其實是基於其他考量的發言。

從剛才的對話推測，兩人認為這個話題和聖的報酬有關。

「之前沒通過的理由是？」

「土地空間不足。」

「唔……」

思考的期間，宰相仍在對約翰問話。

聽見駁回理由是「空間不足」，國王開口說道：

「設在王宮以外的地方如何？」

「藥草園嗎？」

「對。蘭德魯耶離王都滿近的，我認為很適合。」

國王所說的「蘭德魯耶」，是王家保有的領地之一。

離王都近，氣候溫和，適合居住。

同時還是糧倉地帶，土壤較為肥沃，這也是國王選擇它作為選項之一的理由。

基於職業性質的關係，熟悉地理的約翰光聽見地名，應該就知道那裡是什麼樣的地方。

看見他拳頭抵在嘴邊，點頭表示「不錯的地點呢」，國王對宰相使了個眼色。

宰相點頭回應他的視線，並開口說道：

「我認為可行。那裡的公館庭院很大，可以直接把整棟房子拿去當分室。」

「是啊。王宮也容易有外人出入。在那裡設立分室，把需要保密的東西移到那邊，也不失為一個好主意。」

國王所說的「需要保密的東西」一詞吸引了約翰的注意力，並抬起落在腿上的視線。

他和看著這邊的國王及宰相四目相交，發現兩人在催促自己發言。

「您說的需要保密的東西，是指聖栽培的藥草嗎？」

「沒錯。」

約翰腦海中浮現的，是聖栽培的需要用「聖女的法術」祝福田地的藥草。

「聖女」的能力除了淨化魔物外都被極力保密，因此他馬上理解了國王的意思。
國王滿意地對說出正確答案的約翰點頭。
然後述說自己的想法。
「其實，不久前我就在考慮提高研究所的安全性。」
「包含藥草園嗎？」
「那當然。」
約翰從國王這句「提高安全性」聽出國王在擔心什麼。
他接著詢問藥草園是否也包含在內，國王便點頭肯定約翰的猜測。
國王早就想要強化藥用植物研究所的保全措施。
當然，聖到研究所工作後，國王就採取了各種措施，以保障她的安全。
可是，最近他開始覺得，聖的研究過程及研究成果也該制訂保護對策。
這也是因為聖將「聖女」的能力發揮得淋漓盡致，做出來的東西大多有驚人的效果。
最好請聖只在討伐魔物時使用「聖女的法術」，以免「聖女」的能力攤開在陽光下。
但研究是聖的興趣，令人猶豫該不該限制她。
何況她做出來的東西非常有效，阻止她也有點可惜。
因此，國王一直想著遲早得想辦法處理，而這時約翰正好提出想擴張藥草園。

這個要求對國王而言是個大好機會。
「最近從迦德拉寄來的東西和與『聖女的法術』有關的東西也變多了吧。我想趁這個機會，把那類型的珍貴物品和必須藏好的東西轉交給分室管理。」
「現在種的植物也要移植過去嗎？」
「可以的話。」
「我明白了。蘋果樹移植起來有困難，方便留在溫室管理嗎？」
「那也沒辦法。由我們照顧吧。」
「十分感謝。」
「還有，雖然這樣你得身兼二職，但分室的負責人我也想請瓦爾德克卿擔任。」
「我嗎？」
「對。你是最適任的。」
由於一人通常不會身兼數職，被任命為分室負責人的約翰瞪大眼睛。
國王向一臉詫異的他說明原因。
「假如她有那個意願，我想把分室當成聖小姐專用的研究所。」
「聖的？」
國王也曾經考慮提供聖個人的研究所，不對外公開，以降低「聖女」能力公諸於眾的危險性，同時也能讓聖可以繼續研究。

然而，聖偏好與其他人共同研究。

看她平常會和研究員們討論各自的研究內容就知道了。

事實上，與其他人交流有時會得到發明的靈感，聖很喜歡和其他研究員一同研究。

由於無法判斷為聖安排個人研究所，她是否會高興，這個方案始終沒有付諸實行。

而這次既然提到設立分室，國王認為值得利用。

聖如果想要就當成專用研究所，不想要就繼續當成分室使用。

不管怎麼樣，安全性都會得到提升，能夠配合她的需求做出適當的應對措施，不限制她的研究。

另一個目的是拿分室當成緩衝，這樣提出要給她專用研究所作為報酬時，或許可以減輕聖的心理負擔。

「這個職位將來有機率撤掉。如果由新人擔任，以後要調職時，或許會惹來抗議。」

「那個可能性很高呢。」

「我認為交給瓦爾德克卿的話，可以不用擔心。而且你熟悉工作流程，也了解聖小姐。所以我想拜託你。若你願意兼任，我也會提供分室長的那一份報酬。」

國王滔滔不絕地稱讚約翰，就算是約翰也覺得坐立不安。

明明知道八成只是為了讓他接下這個職位，但是被組織的領袖當面稱讚，實在感到很難為情。

「知道了。我願意擔任分室的管理者。」

「謝謝。細節之後再跟你說。」

大概是想轉換心情，約翰先清了下嗓子後，面向國王恭敬地一鞠躬。

就這樣，約翰按照國王的期望，成為分室的管理者。

「在蘭德魯耶設立分室啊……」

「我認為是個好主意呢？」

「我也這麼覺得。那裡的人口風都很緊。」

「這樣就少一件要掛心的事了。」

「報酬的問題尚未解決不是嗎？」

「明眼人就看得出，分室是為接下來的報酬準備的。之後再給她一份金錢上的獎賞，好讓那些看不出來的人也能明白。」

「好的。我來安排。」

目送約翰離開後，等到辦公室的門關上，國王與宰相繼續悄聲交談著。

「那裡的人口風都很緊」的蘭德魯耶，在這個國家是只有極少數的人知道的特殊地區。

◆

決定設立藥用植物研究所分室的蘭德魯耶，雖然是王家的領地，卻稱不上遼闊。

公館的規模亦然，在王家持有的房子中面積偏小，裡面的傭人也算少。

不過，那裡是特殊且重要性高的領地。

證據就是在斯蘭塔尼亞王國，只有極少數的人知道蘭德魯耶的功能。

蘭德魯耶的公館僱用的，一直是從最前線退休的人。

至今仍未改變。

在那裡工作的人上至地方官下至基層人員，全是退休的諜報員。

甚至有人擔任過王家的諜報員。

雖說已經退休，公館的人各個口風緊，擁有能夠自衛的能力。

正因為是那些人聚集的場所，才比王宮更容易防止情報外洩及遭竊。

只要稍微增加現役人士並完善屋子的防盜設備，馬上就會變成適合聖自由研究的場所。

有這種打算的國王，決定將蘭德魯耶的公館與分室合併。

擔任地方官秘書的薩拉，是隨著分室設立新找來的現役諜報員。

之前她被派遣到國內各個地方，收集各地的情報，在蘭德魯耶的任務則是輔佐地方官，以及擔任「聖女」的諮詢對象。

獲選為地位和國王同等高貴的「聖女」的諮詢對象時，薩拉覺得這個職位對於孤兒院出身的自己來說，實在擔待不起。

實際情況卻與接下任務時的猜想截然不同，聖是一名介於貴族與平民中間，非常好親近的女性。

拜聖的為人所賜，她們才認識沒多久，就建立起良好的關係。

或許因為如此，在某一天的茶會上，聖送了薩拉化妝品以答謝她泡的茶。

薩拉也很愛用聖的商會販售的化妝品。

化妝品的外觀及功效，她都瞭若指掌。

聖送的乳霜，與她平常在用的形狀相同。

因此，她以為肯定是同樣的產品。

「梅。」

「姊姊？」

和聖道別後，薩拉來到屋裡的廚房。

她在廚房門口呼喚那個名字，坐在後門旁邊椅子上的人便轉頭望向她。

聽到呼喚而回頭的是在廚房打雜的梅。

比肩膀還長的頭髮在腦後綁成一束，左半邊的臉卻用長及下巴的瀏海覆蓋住。

她喚薩拉為姊姊，但其實兩人並沒有血緣關係。

她們是同一所孤兒院出身，由於瞳色相近，薩拉便希望剛來到孤兒院的梅叫自己姊姊，直至今日。

不過，兩人也情同手足地生活到現在，感情非常好。

梅的右手拿著小刀，左手拿著皮削到一半的馬鈴薯。

腳邊則是兩個裝滿大量馬鈴薯的桶子。

她剛好在準備晚餐。

「這個，要不要拿去用？」

「化妝品？怎麼會有這個？」

「今天『聖女』大人送我的。」

「『聖女』大人？噢，她今天也來了。」

聽見薩拉所說的「『聖女』大人」一詞，梅的腦中浮現黑髮女性的身影。

那名女性最近常來屋子裡新增設的藥用植物研究所分室。

她聽過這號人物，卻跟薩拉不一樣，並未直接接觸過。

兩人之間畢竟有身分差距，梅只有遠遠看過她而已。

「我沒關係啦，用了也沒意義。」

「最近天氣乾燥，妳不是說皮膚會緊繃跟發癢嗎？用了應該會好一點喔？」

梅也是女性。

並非對美容毫無興趣。

她卻說出「用了也沒意義」這種話，是因為梅的左半臉留下了燒傷的疤痕。

薩拉和梅以前待的孤兒院，與王家關係密切。

王宮的各個機關，會從那所孤兒院的孩子中選出有天分的人加以栽培。

薩拉和梅也被視為有天分的孩子，七歲就開始接受成為諜報員所需的訓練。

剛開始是識字及簡單的算術，接著是體術、劍術與從他人口中套出情報的話術等等，學習了各種技巧。

接著，各自到了成年的十五歲，兩人正式成為特務師團手下的諜報員。

正式開始工作的數年後，她們碰巧接到同樣的任務。

是調查某個地方的魔物數量的任務，兩人於森林中四處走動，確認情況。

就在這時，她們遇到那塊地區從來沒出現過的魔物。

大小和小狗差不多的蜥蜴型魔物，體表有一層毒膜，一碰到皮膚就會燒傷潰爛。
而那隻魔物從薩拉頭上撲了過來。
梅在千鈞一髮之際發現安靜地悄悄逼近的魔物。
她反射性護住薩拉，但在那時被魔物體表飛散的毒液噴到臉部。
打倒魔物後，兩人雖然立刻用藥水進行治療，可惜臉上還是留下了疤痕。
恐怕是因為魔物的毒性太強。
受到幫助的薩拉因為自己能力不足的關係害梅臉上留下傷疤，為此懊悔不已。
她頻頻道歉，而身為受害者的梅卻笑著一語帶過，最後甚至責罵她不要一直道歉，導致不知不覺間，薩拉再也沒有為此說出道謝及道歉的話語。
不過，她只是沒有表現出來而已，這件事一直被她放在心上。
因此，收到聖送的乳霜時，她立刻想到梅之前提過肌膚乾燥的事，決定把乳霜讓給梅。
「可是，這是送給姊姊的東西吧？我不能收。」
「那我們一人一半？這樣就沒問題了吧？」
雖然薩拉提出了這個建議，但由受贈者以外的人使用身分高貴之人所送的禮物，會不會太失禮？
考慮到這一點，梅婉拒了她，薩拉卻沒有放棄。

她接著提議一人一半，梅聽了皺起眉頭。
即使沒說出口，和她相處多年的梅感覺得到，薩拉依然在後悔。
再拒絕下去，兩人的意見也暫時不會有交集吧。
就算薩拉這次退讓了，後悔肯定會殘留於心中。
收下一半，是否能稍微減輕薩拉的罪惡感？
聽說送她乳霜的「聖女」大人是個不拘小節的人。
既然薩拉也會一起用，應該不至於挨罵。
思及此，梅放棄拒絕，露出為難的笑容收下乳霜。

先發現聖的乳霜效果的人，是薩拉。
將乳霜送給梅的隔天早上，薩拉看見從梅頭髮的縫隙間露出的疤痕消失了。
她以為是自己希望她痊癒才看錯，同時又忍不住盯著梅的臉看。
「早安。姊姊？」
「不好意思，可以讓我看一下嗎？」
梅驚訝地看著散發出異常氣息的薩拉，並向她道早，而薩拉的表情毫無變化，將手伸向梅的瀏海。

她撥開梅的頭髮，露出底下的臉龐，哪裡都看不見燒傷的傷痕。
只有光滑柔嫩的肌膚。
「不見了。」
「什麼東西？」
「疤痕不見了……」
「咦？」
薩拉兩眼圓睜，茫然地咕噥道，梅聽到便開口回問。
聽見疤痕一詞，她首先想到的是自己臉上的燒傷。
然而，她一時之間無法相信疤痕不見了，眨了眨眼睛。
過了一會兒，她慢慢理解薩拉說的話，急忙跑去照鏡子。
「真的假的……」
看到鏡子，梅跟剛才的薩拉一樣瞪大眼睛。
她不敢相信鏡中的人是自己，並輕輕撫摸曾經留下疤痕的部位。
跟外表一樣，以前摸得到的凹凸不平的觸感不復存在。
薩拉從盯著鏡子一動也不動的梅身後，用帶有一絲無奈的語氣詢問：
「妳沒發現嗎？」

「因為……我有段時間沒照鏡子了……」

自從臉部燒傷後，梅就鮮少照鏡子。

其實梅自己也會介意，僅僅是在薩拉面前故作堅強。

由於身體記得那些動作，平常整理儀容的時候，不用照鏡子也做得來。

她以此為藉口，只在真的有必要的情況下才會照鏡子。

所以她才會一直沒發現燒傷的傷疤消失了，直到薩拉來告訴她。

「太好了……」

微弱的呢喃聲，是薩拉發自內心的話語。

隨著這句話，薩拉的淚水奪眶而出。

梅也跟著流下透明的淚珠。

她把手放在從身後抱緊自己的薩拉的手臂上，兩人在鏡子前面喜極而泣。

第四幕　觀劇

不再需要去各地遠征後，悠哉的日子持續了一段時間。

我要做的只有研究所的工作和在王宮上課。

日子宛如平靜無波的水面被投進一顆小石子，那是跟平常有些微小差異的某一天。

那一天，我在王宮上魔法課。

按照慣例應該是上午聽課，下午實際操作，那一天卻只有上午要上課。

因為身為講師的師團長下午有事，實技課程停課一天。

對於熱愛魔法的師團長而言，能夠觀察「聖女」使用魔法的上課時間，稱之為獎勵都不為過。

他卻說要停課，因此我聽說的時候大吃一驚。

不過，他要做的事是處理討伐魔物的任務，在師團長心中，兩邊說不定都是獎勵時間。

「那麼，今天就上到這裡。」

「好的，謝謝您。」

師團長在教到一個段落時宣布下課。
今天上的內容是王立學園二年級生上的課。
而且還是學年末的內容。
我一邊心想「課程進度也有了不少進展呢」，一邊按照慣例跟師團長道謝。
接著，在我整理桌上的教材，準備回研究所時，師團長難得開啟魔法以外的話題。
「聖小姐看過戲嗎？」
「戲？」
對於這個不像他會提到的詞，我瞬間愣了一下。
戲……戲……戲劇？
經過片刻的思考，我逐漸聽懂那個詞的意思。
「您說的戲，是指在舞臺上演的那個戲嗎？」
「是的。展現歌藝或演技的戲劇。」
看來跟我想到的東西一樣，不過，好難想像這個詞跟師團長扯上關係。
他笑咪咪地點頭，我則在內心納悶他怎麼突然問這個問題？
我懷著疑惑繼續回答：
「戲劇嗎？只有在原本的世界時看過一次。」

「這樣啊。那妳有興趣嗎？」

「我想想。不是沒有。」

「太好了。那麼，要不要一起去看？」

「什麼？」

戲劇，戲劇啊。

要說有沒有興趣，還挺微妙的。

我在原本的世界只有答應朋友的邀約去過一次。

所以不知道要如何回答，但對師團長來說，這個問題似乎一點都不重要，他一句話就帶過去了。

最後還邀我同行。

而且不是練習魔法，也不是討伐魔物，而是觀劇。

我因為太過驚訝，不小心用問題回答他的問題，但師團長依舊沒有放在心上，還侃侃而談地為我說明情況。

「前幾天，我收到在王都上演的戲劇的門票。如果妳有空，要不要一起去？」

「噢……」

我接著詢問詳情，那齣戲好像由德勒韋思家贊助。

師團長收到的門票是用來感謝贊助者的，本來預計由家主或繼承人去，結果他們都各有安排，不克前往。

於是，接力棒傳到了師團長手上。

總共有兩張票，方便夫婦結伴同行。

似乎不能因為沒對象就一個人去。

這齣戲很熱門，家人嚴格禁止他浪費人家好心準備的門票。

既然如此，也可以跟有空的家人一起去——可惜沒人有空。

於是，師團長思考著要跟誰去，最後想到的人是我。

那麼，該怎麼辦呢？

王宮會擔任聯絡窗口，幫我處理茶會、晚宴等邀約。

招待我去觀劇應該也包含在內，可是對方是師團長。

如果換成不太熟的人，我就會堅持要對方把邀請函寄到王宮。

「拜託了，聖小姐。跟妳以外的人去會不太方便。」

「不太方便？」

「是的。因為我不太了解女性喜歡的話題。」

在我煩惱之時，師團長提供了新情報。

女性喜歡的話題，是指流行時尚或甜點嗎？

這樣的話，確實與只對魔法感興趣的師團長扯不上關係。

師團長帶著困擾的笑容這麼說，我便在內心點頭。

我在魔法方面受到師團長各種照顧，若他遇到困難，我很樂意幫忙。

只是看個戲而已，沒關係吧？

雖說興趣不大，這個世界的戲劇是什麼樣子，我倒有點好奇。

既然有票，便覺得去看看也無妨。

「好的，請讓我陪同。」

「謝謝妳！」

我點頭答應，而師團長則露出無比燦爛的笑容回答。

他接著在告訴我地點及日期等詳細資訊後，與我道別。

數日後，我在研究所跟所長聊天時忽然想到一件事，決定問問看所長。

「觀劇時穿的服裝？」

「是的。下次放假我要去街上的劇院觀劇，在想穿什麼服裝去比較好。」

「觀劇？跟誰？」

「德勒韋思大人。」

我跟所長重新確認了一遍忘記問師團長的情報後，他立刻開始質問我。
問我要和誰出門，跟爸爸一樣。
我懷著這樣的心情回答：「和師團長。」所長聽了皺起眉頭。
「你們什麼時候約好的？」
「上次上課的時候。」
「他直接約妳的嗎？」
「是的。他說家人沒空去，所以票多出來了。」
「啊……」
我簡單說明事情經過，所長便按著額頭仰天長嘆。
咦？有什麼問題嗎？
我感到不安，並手足無措。
復活的所長帶著尷尬的表情向我解釋。
王都有好幾間劇院，分成貴族用和庶民用。
既然原本是由師團長的家人去，八成是貴族用的劇院。
他告訴我的劇院名稱，正是我預計跟師團長一起去的劇院。
不愧是所長。

懂得還真多。

而既然要去貴族用的劇院，服裝當然也有規定。

沒錯，就是禮服。

「如果非得穿禮服去，最好跟王宮的侍女們商量一下。」

「對啊。我也不懂女性的服裝，她們應該更了解。」

「是的。不過，要穿禮服的話……」

「就算公演是在晚上，還是得白天就開始準備吧。」

「啊啊……」

對喔——我想也是——

那麼，和有王宮的禮儀課要上的淑女之日一樣，早上就要準備囉——？

即使對方是師團長，觀劇可能會被當成一種社交場合，而非上課。

想到那一天，我不禁發出乾笑。

總之，先找侍女商量吧。

雖然我覺得可能會從早準備到晚，搞不好她們會幫我改成從中午開始準備。

我懷著一絲期待，馬上聯絡王宮。

◆

要去觀劇的當天，如我所料，上午就是戰爭。

和淑女之日不同，沒有從早開始準備，是侍女長瑪麗小姐施捨給我的慈悲。

儘管如此，大家還是比平常更有幹勁，或許是因為今天站在我旁邊的，是以絕世美貌為傲的師團長。

「妳好，聖小姐。」

「您、您好。」

在約好的時間來王宮接我的師團長，打扮得光鮮亮麗。

可能是因為他和之前的舞會一樣，穿著社交用禮服，再加上本身的美貌，師團長整個人閃耀光芒，害我連跟他問好都結結巴巴的。

聽說穿西裝看起來會帥三成，恐怕跟那是同樣的效果。

師團長穿的是黑色歐式宮廷禮服與褲裙，搭配暗紅色背心。

通通是用天鵝絨做的，禮服的邊緣鑲著以金色為主的七彩絲線，背心則在前面用金線繡了看似雪花的精細圖案。

全身都是非常奢侈的衣物。

該說不愧是侯爵家嗎？

相對的，我則穿著同樣用天鵝絨做成的胭脂紅禮服，搭配黑色絲綢長手套。

禮服邊緣用金絲線繡著又大又華麗的刺繡，還綴有黑色蕾絲鑲邊。

禮服是搭配我的髮色挑選的，不過跟師團長的服裝也有點搭。

偶然的一致性使我大吃一驚，這時師團長靠過來，以流暢的動作牽起我的右手。

啊！今天他還有戴手套！

在我的注意力被轉移的期間，師團長把嘴唇湊向我的手背。

「今天的聖小姐非常美麗呢。」

「唔咦！」

師團長維持那個姿勢，瞄了我一眼。

笑彎的雙眼異常熱情，散發著強烈的性感氣息。

攻、攻擊力！攻擊力太高了！

我沒能將尖叫壓在心中，忍不住發出聲音。

「等等，您在做什麼！這麼突然！」

「哎呀？妳不喜歡嗎？」

我急忙抽回右手，師團長樂得笑出聲來。

這是他在捉弄我對吧？

我做了個深呼吸，問他到底怎麼了，師團長便告訴我，這是家人下達的指示。

說這是擔任護花使者時的禮儀。

師團長的家人！你們到底教了他什麼啊！

我知道平常的師團長是什麼樣子，所以還撐得住，不知道的人可能會昏倒。

雖然我沒說出口，請允許我在內心罵他幾句。

「不是喜不喜歡的問題……唉……算了。走吧。」

「好的。」

我在出發前就感到非常疲累，但師團長似乎滿足了。

我催促他出發，他沒有再多說什麼，老實地同意。

我們要去的劇院，在街上位於貴族的宅邸林立的區域。

不愧是貴族用的，外觀金碧輝煌，立於正面的石柱分別刻著不同的圖案。

幫我打扮的侍女們說，這些雕刻是根據故事的各個場面所刻的。

石柱旁邊好像有設置篝火，看得見晃來晃去的陰影。

劇院的入口似乎還在石柱後面。

或許是因為這樣吧，我從馬車上看見精心打扮的人們，接連從石柱間走進去。

石柱前面有樓梯，樓梯前的道路停著許多輛馬車。

看來那裡塞車了，而大家正在按照順序下車。

我看見隊伍的尾巴，馬車卻沒有停下，直接從正面經過。

「入口不在這裡嗎？」

「嗯。贊助者用的入口好像在其他地方，我們會從那裡進去。」

絲毫沒有減速的馬車使我心生疑惑便詢問師團長，我感覺到坐在旁邊的他靠得更近了。

師團長也正從我後面窺探窗外。

左肩感覺到師團長些微的體溫後，聲音自身旁傳來，害我身體變得有點僵硬。

可能是因為剛見面時發生的事件，今天我總會忍不住想太多。

對方可是**那個**只對魔法感興趣的師團長。

我未免太在意了。

我們靠得這麼近，只是因為在馬車裡，我要冷靜啊。

我在內心如此安撫自己時，師團長的氣息遠離了。

狀況恢復原樣，使我鬆了口氣，將注意力轉移到師團長所說的話上。

看來正面的入口是給一般客人用，還有另一個贊助者專用的入口。

不知為何，我有種是不是連王族專用入口都有的感覺，便開口詢問，答案是那在另外的地方。

贊助者及王族專用的入口與正面的入口不同，馬車可以直接在門前出入。

滿滿的特別感。

聊著聊著，馬車抵達了贊助者專用的入口。

師團長下來後，我也跟著下車。

下車時，我牽著從旁伸出的手，感覺跟平常不太一樣。

仔細一想，我搞不好是第一次讓師團長扶下車，或許是因為這樣吧。

我一面思考，一面在師團長的護送下前進。

如同剛才在馬車裡得知的情報，下車後真的只要幾步就能走到劇院內。

一踏進建築物中，就是另一個世界。

劇院內部比外觀更加絢麗，令人眼花撩亂。

首先映入眼簾的，是設置於走廊兩端的巨大水晶吊燈。

鑲在其中的玻璃反射光芒，閃閃發光。

沒有用蠟燭，代表跟王宮裡的一樣，光源是賦予過魔法的核。

不愧是貴族用的劇院。

使用相當高級的東西。
閃閃發光的不只水晶吊燈。
從地板延伸到天花板的柱子貼有金箔，反射水晶吊燈的光微微地閃爍著。
柱子的兩端有許多不知道是什麼的精緻紋路，中間部分仔細一看刻著直線，在光芒照耀下形成陰影。
天花板則更加華麗，描繪著五彩繽紛的圖畫。
內容是有男有女的各種人物，這也是某齣戲裡的場面嗎？
可惜我對於這個世界的故事還不甚了解，完全看不出是以什麼為題材所畫的。
「怎麼了嗎？」
「啊，不好意思。我在想這裡好豪華喔。」
我的注意力被天花板的畫吸引住，無意間放慢了步調。
搭在師團長手臂上的手被拉了一下，我移動視線，看見師團長站在原地面向我。
我對轉身微微歪頭的師團長搖頭表示無須在意，並述說對劇院內部的感想。
接著，師團長也點頭附和。
「的確。聽說正面的入口也很豪華喔。」
「是嗎？」

「是的。回去要不要走那邊看看？」
「可以嗎？」
「可以喔。因為我也沒看過。」
「謝謝您！」
本以為這裡因為是贊助者專用的入口才這麼豪華，看來正面入口也差不多。
果然是因為劇院屬於給人一種與平常感覺不同的場所嗎？
不管怎麼樣，師團長一石二鳥的建議很吸引人。
去程跟回程入口不同，感覺會給負責接送的人添麻煩，沒關係嗎？
我心生愧疚，卻控制不了好奇心。
於是，決定回程要從正面入口出去後，師團長再度邁步而出。
被護送的我也跟著他。
最後，我們抵達推測能前往二樓觀眾席的門前。
途中有好幾扇相似的門，每扇門旁邊都站著疑似侍者的人。
此外，觀眾之間還有看起來像侍女的人，於走廊上來回走動。
這邊的座位該不會是……
剛才看到的畫面使我產生一種預感，並踏進師團長帶我來到的門後。

◆

門後有個小房間。

門旁右側的牆邊放著一個高達腰部的櫃子，上頭有面掛在牆上的鏡子。

兩者都綴有華麗的雕刻，櫃子還是彎腳櫃，非常可愛。

在明亮的燈光下，應該會是帶有透明感的美麗米黃色，可惜房間裡面比走廊更暗，看不太清楚。

從頭到腳瀰漫一股高級品的氛圍。

大門另一側放著兩張和櫃子一樣的彎腳椅，朝向**本來應該要有**的牆壁。

實際上並沒有牆壁，對面是一模一樣的小房間。

我試著將思緒放在家具上以逃避現實，狀況卻沒有變化。

如我所料，這裡是包廂區。

「這裡是包廂區嗎？」

「是的。德勒韋思家的人好像只會坐這邊的座位。」

「噢。原來如此。」

這個問題的答案顯而易見，而且就算他否認，座位也不會變，但我還是忍不住詢問。
師團長不厭其煩地回答，語氣卻有點冷淡。
或許是因為他對戲劇沒興趣，也沒來過劇院。
包廂區是能使用一整個房間的座位。
我們這次坐的是寬敞的雙人座，只要再擠一下，感覺還能多放兩、三張椅子。
座位比一樓的觀眾席還寬敞，使用的家具又全是高級品，票價想必也相當昂貴。
只會坐這邊的座位真驚人，可是仔細一想，師團長的老家是侯爵家。
貴為高階貴族，歷代的宮廷魔導師團師團長又都出自這個強大的家族，說不定這樣才是正常的。
「請坐。」
「謝謝。」
侍者為我拉開椅子，方便我入座，我向他道謝後，坐到椅子上。
冷靜下來後，我面向前方，看見身穿華美服裝的人們陸續走進對面的包廂。
嗯嗯。
雖然我在路上就猜到了，這裡果然是二樓。
我是從前面的包廂區判斷的。

包廂區圍在一樓的觀眾席旁邊。
二樓和三樓的牆壁部分就是包廂區。
四樓好像也有座位，但那裡沒有把每個房間特別隔開來，是一般的座位嗎？
正面的包廂區旁邊，靠近舞臺的包廂區使用了二樓及三樓部分，天花板特別高。
那邊是王族專用座位嗎？
既然左右兩邊都設有包廂區，這個包廂的另一邊說不定也有同樣的座位，不過從這裡看不見就是了。
「有什麼感興趣的東西嗎？」
「不是的。我從來沒來過這種劇場，覺得很新奇。」
「這樣啊。」
也許因為我一直在環視周遭，引來了師團長的關心。
是挺感興趣的，但純粹是出於新鮮感。
如我所說，我從來沒來過這種傳統劇院。
頂多只有透過照片看過國外的老劇院。
「這裡的水晶吊燈也有賦予魔法呢。」
「嗯，對啊。」

我將視線從座位移向上方，天花板跟入口一樣，畫著色彩鮮豔的圖。

中央還掛著一盞巨大的水晶吊燈。

果然如此，由於沒看到蠟燭，這盞燈的光源似乎也是賦予過魔法的核。

我不經意地對旁邊說道，而師團長也抬頭看著天花板點頭。

「我還以為要有人在附近才能讓核的效果發動，它是怎麼發動的呀？」

我偶爾會將宮廷魔導師團賦予魔法的核，加工成飾品和武器，藉由裝備在身上發動賦予的效果。

而發動效果所需的魔力，要由穿戴該裝備的人提供。

這樣一想，不屬於裝備的水晶吊燈要如何發動？

明明核附近沒人就無法發動呀。

王宮的水晶吊燈就有使用賦予魔法的核，我趁機對師團長提出以前聽到這件事時產生的疑惑。

「水晶吊燈那類型的東西，另外有其他線路。」

「線路？」

這個問題與魔法有關，因此師團長打算仔細為我說明，可惜我們的閒聊時間到此結束。

因為會場關閉燈光，變成一片昏暗。

終於要開演了。
今天上演的戲劇是愛情故事。
描述一名貴族與在鎮上一見鍾情的少女結婚的曲折過程。
少女雖然有人負責照顧，而那個人卻盯上她的財產，想跟她結婚，兩人因此起了衝突。
故事大綱聽起來滿有趣的。
然而，師團長說是戲劇的表演，實際上是由唱歌及音樂構成，要說的話更接近歌劇。
故事內容左耳進右耳出，記不太住，可能是因為比起戲劇，我對歌劇更陌生的關係。
周圍很熱鬧應該也是原因之一。
本以為觀劇時要保持安靜，在這個世界似乎不是如此。
會場熱鬧不已，充滿對演員的呼聲以及沒在看劇的觀眾愉快的閒聊聲。
因此看著看著，我的注意力就轉移到舞臺的裝置上。
臺上的裝置與在日本看過的沒什麼兩樣。
燈光在換場期間關閉，臺上變得伸手不見五指，而繪有風景及建築物，並當成背景用的巨大畫板則換成另外一張。
室內的場景還會設置真正的家具。
若要我硬舉出兩者的差異，大概是燈光較為單調吧。

只能在開啟與關閉間切換，不能調整亮度，顏色也不會變。
「不能加上變化嗎？」
「怎麼了？」
無意間脫口而出的話語，被師團長聽到了。
我將心中所想如實傳達給他。
「沒什麼，我在想燈光只能做到開啟或關閉嗎？」
「除此之外還有其他變化？」
「是的。在我原本的世界，亮度及顏色都可以改變。」
「這樣啊。」
師團長好像跟我一樣，無法專心觀劇，對燈光的話題興味盎然。
俗話說百聞不如一見，我在用來防止墜落，跟腰部一樣高的隔牆後面發動生活魔法「光明」，以免干擾到其他人。
第一次的「光明」跟平常一樣，第二次的「光明」亮度則有所變化。
我在霍克領就實驗過「光明」可以改變亮度，所以不會擔心。
看見於食指前端亮起的圓形小光球，師團長兩眼發光。
接著，我想著藍色燈光，發動第三次「光明」後，符合我想像的藍色燈光於指尖點亮。

「好厲——」「噓——！太大聲了！」
師團長興奮得差點大叫，我急忙摀住他的嘴巴。
成功阻止他大叫了。
我叮嚀師團長的時候有壓低音量，理應不會引起他人的注目。
不過，來自掌心的柔軟觸感，使我意識到自己失態了。
師團長可能也沒料到我會這麼做。
他難得瞪大眼睛。
怎、怎麼辦？
我感到不寒而慄，維持這個姿勢與師團長互相凝視了一段時間。
可是，總不能一直這樣下去。
背部冷汗直流的我，輕輕地將手從師團長的嘴巴上移開。
「對不起。」
「不會。雖然有點嚇到，我沒事。」
我用細若蚊鳴的聲音向他道歉，師團長則微笑著用一如往常的語調回應我。
太好了。
他沒生氣的樣子。

我放下心中的大石，像要說悄悄話似的把臉湊過去，小聲地接著說明，避免干擾到周圍的人。

完全沒發現對面包廂區的人看見了我們的互動。

事情過了一星期左右，我才知道這件事。

幕後

聖和宮廷魔導師團的師團長尤利一同前去觀劇的數日後。

某個傳聞傳入藥用植物研究所的所長約翰耳中。

事情大到連遠離社交界的約翰都聽說了。

肯定是社交界現在最流行的話題。

那個傳聞與聖有關。

聖和宮廷魔導師團的師團長尤利突然走得很近。

傳聞的起因在於數日前聖去看了於王都舉辦公演的戲劇。

在尤利的邀請下，兩人一同前往劇院，並相談甚歡，讓看見這一幕的人們紛紛臆測他們的關係。

而經過加油添醋的版本，則以謠言的形式傳開。

從單純只是感情好，到搞不好馬上就會訂下婚約，擴散的謠言規模有大有小。

共通點在於聖和尤利關係親密。

聽見這些傳聞時，約翰心想：「果然演變成這個情況了。」

聖告訴他要跟尤利一起去觀劇的時候，約翰就料到八成會傳出這種謠言。

（侯爵把門票讓給**那位**德勒韋思大人時，就很不自然了……）

他在藥用植物研究所的所長室邊撰寫文件，邊於心中自言自語。

剛才在王宮的走廊上聽見的傳聞，使他回想起聖說要去觀劇時的事。

她受到尤利的邀請，原因是家人不便前往，門票多出來了。

約翰的第一個感想是覺得很可疑。

尤利只對魔法感興趣，與魔法無關的事，他會儘量不花時間在上面。

為了能夠自由研究魔法，他接下宮廷魔導師團師團長這個職務，卻把師團長該處理的文書工作全推到副師團長頭上。

不是那種會因為家族給他門票這麼簡單的理由，就去觀劇的人。

此外，德勒韋思侯爵是公認的理性主義者，重視效率，不會受到感情的影響。

那可是在王都廣受好評的戲劇的包廂區，他絕對不會白白浪費如此珍貴的門票。

德勒韋思侯爵卻把門票交給很可能浪費它的尤利，一看就不會踏進劇場的尤利又跑去邀聖觀劇。

可能性低的兩件事接連發生，會懷疑對方別有意圖也是無可奈何。

而約翰猜想的德勒韋思侯爵的意圖，就是讓聖和尤利的緋聞傳開。

（看來侯爵果然想讓聖和德勒韋思大人結婚。）

德勒韋思侯爵這麼做的理由，只要思考緋聞傳開會導致的事態，就不難想像。

由於聖是地位堪比國王的「聖女」，結婚對象會由王宮篩選。

跟貴族父母幫自家千金挑對象一樣。

可是，換成聖的話會以她的感受為最優先，是否與聖關係良好便成了重要指標。

當然，只要傳出和聖關係親密的謠言，在結婚人選名單中應該會名列前茅吧。

如今位居排行首位的第三騎士團團長艾爾柏特正是如此。

約翰心想，德勒韋思侯爵恐怕是想讓事情發展成和艾爾柏特的時候一樣。

雖說是養子，尤利好歹是侯爵家的人，家世還不錯。

又是宮廷魔導師團裡地位最高的師團長。

與聖年齡相近，如果再加上感情好，躍居名單的第一名都不奇怪。

（算了，傳聞終究只是傳聞。聖好像也沒那個意思。）

不過約翰認為，就算尤利躋身於名單的前幾名，艾爾柏特的優勢仍舊不會改變。

畢竟聖視為戀愛對象的，唯有艾爾柏特一人。

即使沒有直接從聖口中聽到，只要看她對待艾爾柏特跟其他人的態度，就能清楚明白。

而且，聖有告訴約翰觀劇那一天的事情經過。
就算在他人眼中，兩人看起來互動親密，聖和尤利之間什麼都沒發生，也沒提到婚約。
僅僅是外人在胡謅。
但他還是會擔心友人聽見這則傳聞，會是什麼樣的心情。
「不好意思。」
「您叫我嗎？」
寫完最後一張文件，約翰吐出一口長氣。
他按照送達地點將文件整理好，並喚來僕從，託他將文件送到各處。
「那邊的文件呢？」
「噢，那個不用。我自己送就好。」
「收到。」
約翰的手邊放著要送到第三騎士團的文件。
平常他會派僕從去送，這次他卻打斷了僕從的疑問。
他打算自己跑一趟，趁去第三騎士團的時候順便看看艾爾柏特。
有時約翰會親自去送重要文件，因此僕從點頭表示理解，就這樣走出所長室。
目送僕從離開後，約翰也拿著文件站起來。

「我是藥用植物研究所的瓦爾德克，霍克大人在嗎？」
來到第三騎士團的約翰，向站在團長艾爾柏特的辦公室門前的騎士搭話。
「十分抱歉，團長還沒從演習場回來……」
「這樣啊……方便讓我在這邊等一下嗎？」
「好的，那麼──啊，團長！」
約翰是突然來訪，因此他先確認了一下艾爾柏特是否在辦公室內，可惜似乎不在。
不過艾爾柏特去的地方是騎士團隊舍內的演習場，從騎士的語氣推測，並不是過了時間還沒回來，所以約翰覺得艾爾柏特應該再過一下就會回來。
就在他跟騎士確認是否能留在這裡等時，艾爾柏特正好出現。
離辦公室還有一小段距離的艾爾柏特，看到約翰便露出笑容。
抬起一隻手跟約翰打招呼的模樣，與平常無異。
（我以為他說不定會在意那個傳聞才過來看看，結果是杞人憂天嗎？）
約翰也舉起一隻手回應，覺得自己搞不好有點過度保護，臉上浮現苦笑。
「你怎麼來了？」
「有點事跟你說。」

「是嗎。進來吧。」
艾爾柏特走到約翰旁邊，依然面帶笑容，詢問他的來意。
約翰拿起手中的文件給他看，艾爾柏特似乎與研究所的僕從一樣，以為是重要的事。
他支開其他人，只讓約翰一人進到辦公室。
「你要說的是？」
「最近傳得沸沸揚揚的傳聞的真偽。」
「傳聞？」
「嗯。聖和德勒韋思大人的。不想聽嗎？」
聽見傳聞一詞，艾爾柏特毫無頭緒，面露疑惑。
但約翰奸笑著說出聖和尤利的名字後，他就知道他指的是哪個傳聞了。
艾爾柏特的笑容消失殆盡，深深嘆息。
那帶著一絲無奈的視線，比起針對傳聞，更像針對約翰的。
約翰常拿艾爾柏特和聖的關係調侃他，他八成覺得這次約翰又想拿傳聞來鬧自己。
（今天我是來關心你的啦。）
儘管覺得艾爾柏特的態度很過分，約翰也明白原因在於自己平日的作為。
因此，他並未將內心所想說出口，僅僅是回以苦笑。

「嗯，沒什麼大不了的就是了。」
「是嗎？」
「是啊。我聽聖說了，有很多經過誇飾的謠言。」
艾爾柏特比想像中還不在意傳聞的樣子。
約翰透過他的態度做出這樣的判斷，覺得自己這麼擔心地過來顯得很愚蠢，肩膀便放鬆下來。
然後，他開始敘述聖告訴他的觀劇那天的事情經過。
「結果他們根本沒在看戲，都在聊『光明』。」
「這樣啊。沒想到聖也會聊魔法的話題。」
「因為對象是德勒韋思大人吧。八成是為他著想，才提出魔法的話題。」
「嗯，很有可能。」
接獲尤利的邀請去觀劇，結果不小心聊生活魔法「光明」聊得太起勁，回家後發現自己幾乎不記得那齣戲的內容，於是受到了打擊。
約翰按照順序，描述聖所說的事。
如傳聞所說，聖和尤利好像聊得不亦樂乎。
在旁人眼中，確實會覺得他們關係親密吧。

約翰卻說那怎麼看都是研究員之間的對話。
尤利是怎麼想的不得而知，至少聖沒有那個意思。
約翰說，從聖聊到觀劇時的表情就看得出，跟男女之情八竿子打不著邊。
聽完約翰的說明，看似沒放在心上的艾爾柏特，也像鬆了口氣般輕笑出聲。
不過下一刻，他就皺起眉頭。
「怎麼了？」
「沒有……我在想聖原來也會去劇院。」
「我也很意外。還以為她不太喜歡那種貴族會去的地方。」
「我也是。既然她不排斥，真該邀她一起去。」
「怎麼？你想第一個邀請她啊？」
「沒錯。不行嗎？」
看見艾爾柏特面對他的揶揄毫不動搖，並睇眼瞪過來，一副豁出去了的態度，約翰當場大笑出來。
接著，笑了一陣子後，他的表情轉為嚴肅，說出自身的推測。
「這起事件恐怕是侯爵策劃的，德勒韋思大人只是聽從他的指示。」
「我也有同感。他應該是想藉由向其他人宣傳那兩人的關係，慢慢穩固地位，把德勒韋思師團長推上未婚夫的位置。」

「你也這麼覺得啊？」

「嗯。我們猜測，侯爵企圖將宮廷魔導師團師團長的職位以及『聖女』都納入手中，跟霍克家（我家）對抗。」

「原來如此。聽說侯爵權力欲很重，的確是他會制訂的計畫。」

約翰和艾爾柏特的推測是一樣的。

兩人認為這次尤利邀請聖一同觀劇，是基於德勒韋思侯爵的命令。

目的八成是要讓他成為聖的未婚夫。

艾爾柏特所說的德勒韋思侯爵的動機，是艾爾柏特的兄長——軍務大臣約瑟夫推測的。

侯爵的性格跟社交界謠傳的互相對照後，約翰也能接受這個說法。

既然聊到了聖的婚約，約翰判斷這是個好機會，將不久前就在考慮的事說出口。

「我說，雖然覺得自己太多管閒事，但你差不多該有動作了吧？」

身為「聖女」，聖在斯蘭塔尼亞王國本來就地位崇高。

討伐魔物、發明使用各地特產所製作的料理等功績，使得地方領主們對她的評價也相當不錯。

不只是貴族，連富裕的平民女士都對聖成立的商會所販售的化妝品讚譽有加，帶來龐大的利益。

在聖所說的本行——研究藥用植物這方面，她不小心做出了萬能藥這種能夠治療所有異常狀態的驚人藥物。

最近還有人在猜，王家會不會以個人研究所的形式，將土地使用權賞賜給她。

其中一部分的情報並未公開，但光憑公開的情報，想跟聖建立關係的人就多不勝數，並隨著時間經過越來越多。

建立關係的方式五花八門，而最有力的就是結婚。

因此，「聖女」的未婚夫明明有家族爵位要高於伯爵這個條件，還是一堆人報名聖的未婚夫候選人。

比艾爾柏特的家族——邊境伯爵家地位更高的侯爵家，當然也名列其中，光看家世及財產，優於艾爾柏特的對象也是有的。

即使如此，艾爾柏特現在還是領先一步，主要是因為聖的心意。

反過來說，一旦聖改變心意，艾爾柏特的優勢就會瞬間瓦解。

許多人在虎視眈眈，約翰擔心有人會抓準這個機會扭轉局面。

於是，他終於催促艾爾柏特鞏固自身的優勢。

「是啊……」

約翰與艾爾柏特都知道，聖在戀愛這方面還很青澀。
因此，約翰在揶揄兩人之餘還是在一旁守望他們，艾爾柏特則慢慢與聖拉近距離。
但不只約翰，艾爾柏特也感覺時限將近。
在這種時候聽見約翰的忠告，艾爾柏特默默垂眸，老實地點頭。

◆

和約翰聊到聖與尤利緋聞的當天晚上。
艾爾柏特在隊舍的房間內獨自沉思。
他在想的是聖的事情。
艾爾柏特不記得初次遇見聖時的情況。
相遇那一天，他從王都西邊的葛修森林討伐魔物歸來。
艾爾柏特去葛修森林討伐過很多次，當天的討伐活動應該也與平常無異。
跟王都東方及南方的森林比起來，葛修森林出沒的魔物等級較高，不過至今以來從未出現艾爾柏特應付不了的魔物。
他並沒有完全放鬆戒心，但多少有點疏忽。

那隻魔物是在討伐結束時出現，也是災難的原因之一。

理應不存在於葛修森林的沙羅曼達出現時，上百名士兵中來得及反應過來的，只有包含艾爾柏特在內的寥寥數人。

沙羅曼達噴出的火焰溫度極高，能夠將附近的人瞬間燒成焦炭。

周圍的溫度急速上升，火焰撲面而來。

拜艾爾柏特反射性展開的冰牆所賜，四周的數名士兵沒有受傷，待在遠處的士兵卻有一大部分被捲入沙羅曼達的火焰中。

沙羅曼達平常是體長十公尺左右的巨大黑蜥蜴，進入戰鬥狀態後體表會閃耀紅光，散發龐大的熱氣。

這股熱流讓人無法輕易接近，想驅逐沙羅曼達，主要都是使用魔法發動遠距離攻擊。

然而，由於討伐任務即將結束，隊上的魔導師以及騎士的ＭＰ所剩無幾，又缺乏回復手段，導致一行人難以驅逐沙羅曼達。

不只騎士，森林同樣遭受沙羅曼達的火焰波及，會用水屬性魔法的魔導師為了避免火勢蔓延，無法加入戰局，也是一大劣勢。

艾爾柏特自己也受到嚴重的燒傷，在好不容易殺掉沙羅曼達後，失去了意識。

（這裡是……哪裡？）

艾爾柏特再次睜開眼睛，是在王宮的房間內。

雖然是個陌生的房間，艾爾柏特判斷暫時不會有危險，便用神智不清的大腦試圖回憶。

不過，他的記憶停留在殺死沙羅曼達的那時候，之後發生的事完全想不起來。

他不經意地望向右手，上頭的燒傷消失得不留痕跡，顯然有人為他治療過。

（沒有半點傷痕……既然右手治好了，臉也是囉？）

艾爾柏特走下床，用房內的鏡子確認，應該已經被燒爛的臉孔也恢復了原狀。

以他們平常使用的藥水來看，就算是上級，也不可能讓當時受的傷癒合得這麼漂亮。

他自然而然想到，八成是會用聖屬性魔法的魔導師幫忙治療的。

話雖如此，艾爾柏特心想，真是技術高超的魔導師。

因為他的傷勢嚴重到即使接受治療，大概也會留下難以繼續當騎士的後遺症。

他當場檢查了一下，發現身體與討伐前並無二致，已經恢復到繼續擔任騎士也完全無礙的程度。

「不，不是回復魔法，是藥水。」

「真的嗎？」

「真的。我也在現場親眼看見的。」
隔天，艾爾柏特從前來探望的約翰口中得知他是靠藥水治好的，而非魔法時大吃一驚。
他不敢相信，又問了一次，約翰聳聳肩膀，沒有否認。
「這麼有效的藥水，到底是哪裡做的……」
艾爾柏特知道上級藥水是跟商會訂的。
市售的上級ＨＰ藥水他也喝過，明白有多少效果。
這次用在自己身上的藥水，不是比以前用的上級ＨＰ藥水更有效嗎？
這麼有效的藥水，為求保險起見，他也想採購給騎士團用。
是哪家商會做的嗎？
艾爾柏特喃喃說出浮現腦海的其中一個推測後，很快就從約翰口中得到答案。
「在我們這做的。」
「你們那？藥用植物研究所？」
「對。我這邊的研究員做的。」
根據約翰所言，藥用植物研究所有位會製造高效能藥水的人物。
「原來如此，是你那邊的人……那個。」
「怎麼了？」

「方不方便讓我和藥水的製作者見面？我想道個謝。」

「道謝嗎？可以啊。」

聽見艾爾柏特想跟做藥水的人道謝，約翰乾脆地同意。

乍看之下談得很順利，實際上卻並非如此。

之後，艾爾柏特因為有討伐的善後工作等其他事務要處理，抽不出身，距離討伐魔物過了一個月後兩人才實際見面。

拜託約翰找來藥水製作者的那一天，不只艾爾柏特，約翰也坐在作為碰面地點的第三騎士團團長辦公室內。

他之所以沒跟製作者一起來，是因為艾爾柏特不只想道謝，還想送對方謝禮，因此兩人事先討論要送什麼東西。

經過商量，他們決定不送禮物，而是在對方要去王都附近的森林採集藥草時擔任護衛。

由於有多餘的時間，在等待的期間，艾爾柏特向約翰打聽對方是什麼樣的人。

「他是什麼樣的人？」

「沒怎麼樣啊，就我這邊的研究員。」

「這我之前就聽過了。還有身高、個性等很多東西可以說吧。」

「見面不就知道了？何必現在問。」
「是沒錯……」
「噢，對了。做藥水的和餵你喝藥水的，都是那個人。」
「餵我喝？」
「沒錯。很仁慈地嘴對嘴餵喔。」
「什麼！」
「因為你當時昏倒了。」
起初並不打算回答艾爾柏特的約翰，面對他的逼問，突然說明起來。
藥水的製作者，疑似還是餵失去意識的艾爾柏特喝藥水的人。
到這邊為止還沒問題。
問題在這之後。
聽見約翰說是那個人餵自己喝下藥水，以為該名研究員是男性的艾爾柏特驚呼出聲。
然而，憑藉約翰那帶著一絲戲謔的口吻和臉上的奸笑，艾爾柏特立刻發現是他平常愛開的惡劣玩笑。
於是，他對約翰投以無奈的目光，這時門外的部下開口通知該名研究員到了。
看見走進辦公室的人物，艾爾柏特瞪大眼睛。

以為是男性的人其實是女性，除此之外，最令他驚訝的是對方的髮色及瞳色。

擁有在斯蘭塔尼亞王國少見的黑髮黑眸，隸屬於藥用植物研究所的女性，他只想得到一個人。

靠「聖女召喚儀式」召喚來的聖女候選人之一。

（就是她嗎……可是，跟我聽說的不太一樣。）

之前聽其他人所說，聖女候選人跟病人一樣瘦弱，聖女在王宮時負責照顧她的侍女表示，她不喜歡華麗的打扮，更加偏好樸素的衣服，宛如農村的女性。

約翰也說她跟其他研究員一樣，不太在意穿著打扮。

不過，眼前這位女子的服裝確實樸素，卻給人清爽乾淨的感覺，與他聽說的傳聞幾乎沒有半點一致之處。

被人說看起來不健康的膚色也白皙又紅潤，眼睛底下完全看不見之前的黑眼圈痕跡。

與在日本的時候比起來相對悠閒的生活，再加上聖自製的強效化妝品，讓那象牙色的肌膚與粉色嘴唇都柔嫩有光澤，長及腰部的黑髮也烏黑亮麗。

她並沒有化妝得跟貴族婦女一樣，那自然的美貌卻深深吸引住艾爾柏特的目光。

仔細一想，他說不定在這個時候就已墜入愛河。

「抱歉讓您久等了。」

「不會，還勞煩妳跑了這一趟，謝謝。」

「那我就回去了哦。」

「等一下。」

約翰八成是拿送文件為由，把她叫過來的。

走進辦公室的女子將文件交給約翰後，立刻準備離開，約翰急忙制止她。

艾爾柏特見狀，受到那天不知道第幾次的震撼。

艾爾柏特是霍克邊境伯爵家的三男。

霍克家乃歷史悠久的武家，在斯蘭塔尼亞王國掌握著軍部。

不僅如此，還擁有邊境伯爵這個爵位，在王國比一般的侯爵家更有權力。

另外，艾爾柏特的祖母——前霍克邊境伯爵夫人，是前前任國王的姊姊，其美貌讓她獲得了「冰霜薔薇」這個外號。

繼承祖母美貌的霍克家三兄弟，從小就有數不清的人希望與他們締結婚約。

看見約瑟夫身邊那些搶著爭寵的貴族千金，次男埃爾哈德因此對女性產生反感，在社交界是有名的故事。

三男艾爾柏特在就讀王立學園的期間，也有數不清的貴族千金對他示好。

儘管沒有埃爾哈德那麼嚴重，艾爾柏特同樣不喜歡被千金小姐們纏著。

於是，為了和她們保持距離，他戴上名為撲克臉的鎧甲。

然而，即使有一張撲克臉，再加上寒冰色的眼眸射出的冷淡目光，艾爾柏特英俊的相貌似乎還是對女性具備強大的吸引力。

都表現出不讓女性接近的態度了，還是有學不到教訓的人硬要靠近他。

而那些人大多是一旦拉近距離，就會黏在他身邊不走的類型。

或許是因為這樣吧。

看見眼前的女子沒有要留下來的意思，轉身就走，艾爾柏特驚訝不已。

但他更驚訝的是，自己想要挽留她的心情。

在互相自我介紹過後，艾爾柏特確認了聖看著自己的眼中，沒有其他女性常投射在他身上的熱情，因此意識到自己的心意。

他希望聖能用始終令他心生反感的那種視線注視他。

產生自覺後，艾爾柏特很快就轉換了心態。

至今以來對待女性的態度有了一百八十度的大轉變，艾爾柏特開始採取行動，以吸引聖的注意力。

艾爾柏特一直為身邊的女性感到不耐，所以缺乏戀愛經驗的聖對他來說再適合不過。

雖然被聖知道可能會生氣，不過偶爾逗她一下，看到她害羞的模樣，艾爾柏特明白自己也有被她放在心上，便覺得很高興。

從雙方的年紀來看，實在是很幼稚的嬉戲方式，卻令人十分自在。

希望這段愉快的時光能持續到永遠。

可是，約翰說得沒錯，再不做個了斷，這段舒適的關係終將劃下句點。

艾爾柏特判斷不該再拖下去，並做好採取行動的覺悟。

第五幕　告白

我難得突然收到茶會的邀請函。

僅僅是一場茶會，卻不容小覷。

明明只是品嘗美味的點心與喝茶聊天，邀請函一星期前就會寄到。

然而，這次的邀請函竟然是在前一天送來。

平常我可是會拒絕的，不過，邀請人是與我熟識的莉姿。

對方是莉姿的話，就算前一天才收到，我當然還是樂意參加。

我急忙寫好回信送出去後，詢問王宮的侍女當天能否幫我整理服裝儀容。

茶會當天。

講完基本的應酬話，我們坐到座位上喝了口紅茶後，莉姿開口問道。

「我說，聖，妳有沒有什麼話要跟我說？」

「要跟妳說的話？」

這也很少見。
通常即使是與親密的朋友舉辦茶會，都會先從無關緊要的閒聊開啟對話。
她卻突然提出疑似正題的問題。
是很重要的事嗎？
竟然讓曾經是王子未婚妻的莉姿無視規矩，開門見山。
我邊感到疑惑，邊思考該如何回答。
「嗯——我想不到耶。」
「是嗎。真的想不到？還是不能跟我說呢……」
「確實有不能跟妳說的事，可是我不知道妳想問什麼，無法回答。」
「這樣呀。那我就直說了。妳跟宮廷魔導師團的德勒韋思大人是什麼關係？」
「德勒韋思大人？」
從莉姿口中迸出來的名字，導致我頭上的問號變得更多了。
為什麼要提到師團長呢？
算了，之後再問吧。
得先回答問題才行。
我跟師團長的關係，最符合的我只想得到老師和學生。

除此之外，就是一起討伐魔物的同事？

我們所屬的單位不同，一個是宮廷魔導師團，一個是藥用植物研究所，所以同事也不算完全正確耶。

「我想想……老師和學生吧？畢竟他會教我與魔法有關的知識。」

「只有這樣嗎？」

「嗯？只有這樣呀……」

總之，我先給予模稜兩可的回答，莉姿立刻瞇起眼睛。

咦？什麼？怎麼了？

就算妳問我「只有這樣嗎」，我也擠不出其他答案。

我無言以對，莉姿便打開手中的扇子遮住嘴角，毫不掩飾地嘆氣。

「最近有個傳聞在王宮傳得沸沸揚揚喔？」

「咦？傳聞？」

我毫無頭緒。

貴族之間的傳聞，最重視的就是新鮮度。

「聖女」的淨化能力和強效的回復魔法，雖然一時之間在王宮內掀起話題，但那也是很久以前的事，熱度已經降低許多。

最近都沒出新商品，所以化妝品也一樣。
在王宮舉辦的派對端出來的菜色亦然。
就算還有人在討論，應該也不到傳得沸沸揚揚的地步。
那麼，是什麼傳聞呢？
等等。
剛才莉姿問我跟師團長是什麼關係，和這有關嗎？
跟師團長有關的話……
莉姿在我想到的同時說：
「聽說妳和德勒韋思大人搞不好會訂婚。」
「什麼！」
衝擊性的發言，導致我不計形象放聲大叫。
接著，我聽莉姿說明了事情經過，頭痛到不行。
聽莉姿說，師團長和我的緋聞在貴族圈瘋傳。
源頭是師團長和我去觀劇的那一天，在同一間劇院的人們。
那一天，看見我和師團長在包廂區相談甚歡，他們議論紛紛。
而那些人的猜測被加油添醋，化為虛實夾雜的謠言在王宮傳開。

順帶一提，虛的代表就是師團長和我要訂婚這件事。
然後，聽見傳聞的莉姿大吃一驚，便來跟我確認真相。
「所以，妳跟德勒韋思大人一起去了劇院是真的囉？」
「嗯。他說家人沒空去，有多的門票……」
「那是典型的約會邀約吧。」
「不過，對象是**那個**德勒韋思大人喔？他只對魔法有興趣，我根本沒想到會傳出這種謠言。」
「是沒錯。我能理解妳的心情。可是，妳太大意了。」
「嗚嗚……」
「是妳自找的。怎麼會粗心到單獨跟男人去觀劇。這樣簡直像在叫別人傳你們兩個的緋聞啊。」
「是，真的非常不好意思……」
莉姿傻眼地看著我，我只能不停道歉。
她剛才說的，是我在王宮上課時也學過的內容。
明知如此還答應師團長的邀約，是因為我澈底疏忽了。
莉姿說得沒錯，和異性單獨出遊，最適合拿來炒話題。

而且還是劇院包廂這種接近密室的地方。

包廂區如果不是與家人或訂婚對象一起去，似乎是用來跟其他人表明自己與同行者關係親密的座位。

這次又是宮廷魔導師團的師團長和「聖女」兩位大人物的組合。

愛聊八卦的人看見這一幕，會忍不住到處跟別人說也無可奈何——以上是莉姿的看法。

「這陣騷動可能還會持續一陣子，之後就會平息。」

「是嗎？」

「嗯。謠言這種東西會一直被新的謠言覆蓋。如果妳學到教訓了，最好多留意男性的邀約喔。」

「妳說得對，以後我會小心。」

我將莉姿寶貴的忠告銘記在心，茶會就這樣結束了。

兩天後。

我還放不下緋聞那件事。

我蹲在研究所的藥草田，盯著地面並於內心發出怪聲。

沒有真的叫出來，是因為我怕其他人聽見，會把我當成怪人。

看來我還保有考慮風險的理智。

但就算這樣，也無法轉換因自己不謹慎的行動所造成的後悔心情。

話雖如此，這也是因為與莉姿道別後，我開始胡思亂想。

莉姿說，這個謠言在王宮掀起話題。

這代表有很多人知道。

害羞歸害羞，若只是不認識的人在討論，我還有辦法叫自己別放在心上。

如果是認識的人在討論……退一百步來說，應該也能設法調整心態。

可是……一想到那個人會知道，情緒就躁動不安，怎麼樣都靜不下心。

那個人指的是團長。

我最近才意識到，自己好像喜歡團長。

看到他心情會變好，能跟他說到話，心裡就飄飄然的。

就算只是無意義的閒聊也是。

其他人都不會給我這樣的感覺。

所以我想，這一定是戀愛。

即使把原本世界的時間算進去，我也沒有這種經驗，因此有點擔心，這真的是戀愛嗎？

我和團長現在的關係，令人非常自在。

不過，萬一他聽見我和師團長的緋聞，會怎麼樣呢？
要是師團長也跟莉姿一樣以為我要訂婚了，他會不會跟我保持距離？
不管是在斯蘭塔尼亞王國還是日本，有婚約在身的人都不能太親近其他異性，一本正經的團長不可能會犯下那樣的禁忌。
那段溫暖的時光無疑會結束吧。
思及此，就覺得好焦慮。
有句成語叫後悔莫及，我現在的心情正是如此。
我當時為什麼要答應師團長的邀約呢？
不只貴族，別人的感情問題最適合拿來聊八卦。
多想一下，就能料到兩個人一起出門會傳出他們關係不錯、是不是在交往之類的傳聞。
那個時候的我卻完全沒想到。
呃，因為，我沒想到自己會跟別人傳出緋聞。
這麼容易就傳緋聞，只有國中生會這樣吧？
我連國中時期都沒有這種經驗……
喪女首先連傳緋聞的對象都沒有……
啊——不過莉姿說得沒錯，我真的太粗心了。

「到底該怎麼辦……」

藉口及反省於腦中交錯，在我抱頭苦思並將內心的煩惱不自覺地脫口而出時，聽見有人從身後呼喚我的名字。

「聖？」

「咦？」

突然從後方傳來的聲音，嚇得我跳了起來。

是我正好在想的人的聲音。

我急忙起身，並望向後方，團長站在那裡。

「霍克大人？」

「怎麼了？妳似乎有煩惱。」

本人登場，害我驚慌失措，當場愣住，連要跟他打招呼都忘了。

團長沒有因此責備我，而是為我操心。

但我說不出口。

絕對說不出口。

我沒辦法將不想被別人知道的事，講給最不希望他知道的人聽。

所以，我傻笑著糊弄過去。

「啊，沒事。呃——什麼事都沒有。」
「是嗎？那就好……」
他仍然一臉擔憂地看著我，好像有點無精打采。
我的內心因罪惡感而隱隱作痛，卻開不了口告訴他我在為謠言煩惱。
「您有什麼事嗎？」
「若妳方便，下次聖休假的時候要不要一起出去？」
「一起出去嗎？」
「嗯。去王都的公園……」
王都有好幾座公園，其中最大的公園同時也是貴族的社交場所。
就算住在擁有寬敞庭園的宅邸，他們還是會去公園散步，與在那裡遇到的人交流。
在溫暖的季節，似乎還有人會去野餐。
團長問我要不要去那座公園。
「這個季節雖然不適合散步，但我有東西想讓妳看。」
「想讓我看？什麼東西呀？」
「到時就知道了。」
團長笑著豎起手指抵在唇邊，身後彷彿有一道聖光。

我微微瞇起眼睛，抬頭看著團長。

他還是一樣養眼呢。

話說回來，不知道他想讓我看什麼？

好好奇喔。

既然到時才會知道，要不要去呢？

跟團長一同出遊應該很愉快。

然而，就在我想開口答應之時，莉姿生氣的表情忽然閃過腦海。

啊，跟團長一起出門的話，是不是又會傳出緋聞？

想到兩天前才剛被她罵過，我便猶豫起來。

我並不介意。

團長是我喜、喜歡的人？與他傳緋聞我也不會反感。

倒是會難為情啦。

可是，團長又是怎麼想的？

假如他討厭與我傳緋聞，或者會感到困擾，那太對不起他了。

前幾天才發生那種事，拒絕才是正確答案吧。

但我很久沒跟團長一起出門，難免會感到遺憾……

「不行嗎？」

想去的心情與不能去的心情在競爭，正當我好不容易撐開沉重的嘴唇，打算拒絕時，團長發出不符形象的微弱聲音。

垂下肩膀的團長，他的頭上看起來有對無力垂下的耳朵。

他用那種無助的眼神看我，害我準備要說的話卡在喉嚨。

嗚嗚……被用那種眼神注視的話……

「不是不行。」

辦不到。

我拒絕不了那個狀態的團長的邀約。

最後，想去的心情推了我一把，導致我不小心答應下來。

看見團長臉上立刻綻放笑容，胸口突然暖暖的。

沒辦法，要後悔等之後再說吧。

我苦笑著留在原地，繼續與團長討論出遊計畫。

◆

和團長約好的那一天，是萬里無雲的晴空。

雖說是公園，好歹是要去社交場所，因此我今天穿了頗有貴族氣質的禮服。

不過，由於今天要在室外約、約會，我請平常幫我更衣的侍女們選擇不會太華麗，且方便活動的服裝。

今天不知為何傍晚才要出門，侍女告訴我晚上一定會變冷，我便聽從她們的建議，加上一件邊緣附毛皮的大衣。

團長也很懂。

到了約定的時間，繞到研究所門口的馬車不引人注目卻高級，一眼就看得出是貴族坐的馬車。

走下馬車的團長，服裝也和以前去王都的時候不同，繡著看得出貴族身分的華麗圖案。

帥哥穿什麼都好看，但今天還真是超出預料。

打扮得像個貴族的團長，就我個人看來多出了一點五倍的閃亮度。

可遠觀，一旦靠近卻會因為害羞的關係而不敢直視。

他扶我上馬車的時候，我假裝看著腳邊，移開視線度過這個難關。

公園位於王都中心附近。

由於這裡是社交場所，馬車停靠處也停著許多貴族的馬車。
我下車環視周遭，看見還有其他疑似貴族的人。
然而，可能是因為時間晚了，他們和我們不同，似乎正要回去。
「走吧。」
「好的。」
我在團長的帶領下走進公園。
不愧是貴族會來散步的地方，裡面的環境十分整齊，方便步行。
路面平整，不見雜草，旁邊種著修剪得漂漂亮亮的矮樹。
有樹木間距相等的林蔭大道，還有鋪了草皮增添設計感的地方。
現在明明是寒冷的季節，也有花圃裡種滿五彩繽紛的花朵。
我欣賞著與王宮的庭園比起來別有一番風味的景色，並和團長分享對這座花園的感想。
儘管不是春天或夏天那種百花齊放的季節，冬天的花園也挺美的。
而走進深處時，我看見一道黑色的鐵柵欄。
還有扇旁邊站著守衛的門，這裡是公園的角落嗎？
可是，鐵柵欄後面是一片宛如森林的茂密樹木，看起來不像角落。
團長在我疑惑的期間走向守衛。

「我是艾爾柏特・霍克。」
「恭候大駕。」
團長一報上名字，守衛就為他開門。
我向面帶微笑的守衛點頭致意，便被團長帶到門後。
「這裡平常好像是關閉的，後面有什麼東西嗎？」
「嗯。鐵柵欄後方是只有王家才能進入的場所。」
「咦！是嗎？」
「這次我為聖徵得了許可。」
「為了我？」
我聽見後嚇了一跳。
用鐵柵欄圍住的區域，是王家專用的場所。
聽說會用來當王家主辦的派對會場。
王宮裡面也有庭園，不過這個地方的景色又是另一種不同的美，似乎廣受好評。
是這樣嗎？
好像能接受，又好像不太能理解，挺微妙的，但有件更重要的事。
「為了我」是什麼意思呢？

難道他為了今天的約會，去徵求國王陛下的同意？

這裡是能為這麼一點私事出借的地方嗎？

我的疑問源源不絕，這時，我們走出了森林，視野開闊起來，映入眼簾的畫面使我無暇思考。

「哇！」

這是什麼呀，好漂亮！

眼前的景色夢幻得令我忍不住歡呼。

該怎麼形容呢，是一整片冰景（？）。

原本就有的樹叢結了冰，沐浴在西斜的夕陽下閃耀著光輝。

不對，等一下。

不只陽光。

仔細一看，樹枝的各個地方都在發光。

看那個顏色，該不會是賦予魔法的核？

咦？為什麼樹上會有那種東西！

看見樹上到處亮著與前陣子才在劇場看過的光顏色相同的光點，我愣在原地。

現在是什麼情況？

我睜大眼睛，而站在旁邊的團長則為我說明。

「我試著重現妳之前跟我說過的裝飾，感想如何？」

「……難道，您說的是燈飾嗎？」

「沒錯。」

這句話及眼前的景色，勾起我的回憶。

忘記是什麼時候了，和團長聊到原本的世界時，我好像有提到燈飾。

聖誕燈飾。

記得我是這樣跟他說的——

在寒冷的冬天，每年都會有這種裝飾。

「您還記得嗎？」

「嗯。我想像中的是這樣的東西，不對嗎？」

「是的……就是這種感覺。」

「太好了。妳說每年都會看，我想讓妳在這邊也看得到，就準備了這個。」

「這樣呀。謝謝您。非常漂亮。」

準備……這些結冰的樹是團長做的嗎？

團長會用冰屬性魔法，確實有可能。

甚至連核都有可能是他親自賦予魔法的。

我將他用心打造的景色牢記在腦海。

然後面向團長，打算再次傳達謝意時，他不知為何牽起我的右手。

怎麼了嗎？

我抬頭看著他，想詢問他的意圖，並與神情嚴肅的團長四目相交。

他用雙手包覆我的右手，開口說道：

「我喜歡妳。請跟我結婚。」

團長的告白使我倒抽一口氣。

結、結婚？

不對，重點是上一句話。

咦？團長喜歡我？

我好像聽見十分自我感覺良好的發言，不是聽錯吧？

我像要確認似的凝視團長的臉，他依然一臉正經，表情緊張。

眼神也看不出戲謔之色。

我……剛才……真的，被團長告白了嗎？

我不敢相信地盯著他，團長維持著同樣的姿勢對我說：

「其實，我本來想再花點時間慢慢跟妳拉近距離。」

「再花點時間？」

「嗯。因為妳好像不太習慣這種事。」

聽見團長這句話，我深有所感，臉頰微微發熱。

是的，並不習慣。

回想起來，親吻手背、手掌靠近臉頰等像在逗我的行為，其實是在測試我能接受到哪個程度嗎？

我心不在焉地想著無謂的小事，團長的表情蒙上一層陰霾。

「但我不能繼續拖下去了。因為除了我以外，看上妳的人越來越多。」

「您指的是……」

「聽見妳和德勒韋思師團長的傳聞後，我實在無法維持鎮定。」

「啊……」

「我不希望妳被其他人搶走。」

聽見師團長的名字，我心想「他果然知道了」，當場呆住。

然而，並沒有發生我擔心的事。
那則傳聞反而刺激了團長的競爭心。
我也知道這樣想不太好，但我不禁鬆了口氣。
「我當然不會無視妳的意願。不過，若妳不排斥，可以牽住我的手嗎？我會一輩子好好珍惜妳。」
團長認真地凝視我，我感覺到某種情緒從腳底逐漸湧上。
好開心。
真的好開心。
我很想立刻點頭答應。
可是，缺乏自信的我在此刻冒了出來。
「我有那個資格嗎？」
我用顫抖著的聲音詢問，團長則堅定地回答：
「我喜歡的就是妳。」
是因為太高興嗎？
視線逐漸模糊。
喉嚨也在打顫，發不出聲音。

作為代替，我回握團長牽著我的手，於是，他穩穩收下了我的心意。
團長臉上頓時漾起笑容，將我擁入懷中，緊緊抱住我。
我也用雙手環住團長的背，輕輕回抱他。

◆

團長對我告白後的日子非常忙亂。
本來應該要最先通知團長的家人。
在斯蘭塔尼亞王國，貴族間的婚姻等同於兩個家族的契約，因此需要經過家人的同意。
尤其是邊境伯爵家的當家——團長之父的允許是不可或缺的。
然而據團長所說，不用擔心這個問題。
團長的家人早已知道他的心意，不久前就在催他求婚。
事到如今，沒必要再去徵求許可。
原來如此，看來他們是贊成的，我稍微放心了。
不過，既然要結婚，還是得正式見個面吧。
團長也贊成找親朋好友私下慶祝。

可是，團長的兩位兄長都是擔任國家要職之人。
而他的雙親邊境伯爵及其夫人也每天都很忙，很難找到大家都有空的日子。
因此，我們決定先寫信告知。
再過一陣子，長兄應該就會告訴我們所有人都能參加的日子。
於是，我們最先告知的是所長，我的上司兼團長的兒時玩伴。
我和團長一同來到所長室，所長便挑起一邊的眉毛，詢問我們的來意。
「你們兩個怎麼了？」
「不好意思，在您工作時打擾。方便借一些時間嗎？」
「嗯，可以啊。」
「那個，其實……」
「我和聖要結婚了。」
到了要報告的時候，還是會難為情，導致我講話有點結巴。
團長迅速幫我接話。
其實，我們兩個預料到絕對會被他鬧，所以事先商量過簡單跟所長報告即可。
為了避免他東問西問，甚至沒有先約好時間就過來了。
不過，純粹是杞人憂天。

「終於啊。恭喜你們。」

所長聽了，臉上浮現安心的笑容，正常地祝賀我們。

然後對團長露出壞笑，這一點倒是在意料之內。

「謝謝。」

「謝謝您。」

看來不用多說，他們也知道對方在想什麼。

團長苦笑著道謝。

或許是策略奏效了，所長沒有繼續追問，很快便放我們離開。

接著要通知的是國王陛下及宰相。

身為地位與陛下同等的「聖女」，我的婚事果然會以王族的規格辦理。

必須辦理各種手續，不能只宣布一句「我要結婚了」。

因此得向那兩位報告。

約好見面的時間後，我和團長一起來到陛下的辦公室，宰相也已經到了。

還有擔任護衛的騎士及協助辦公的文官們。

大家都帶著格外燦爛的笑容迎接我們，或許是因為事前就聽說我跟團長要來，猜到了我們的來意。

有點害羞呢。
我感覺到臉頰微微發燙，好不容易裝出嚴肅的表情。
講完形式上的問候語後，陛下要我們坐到迎賓沙發上。
陛下也從辦公桌前走向沙發，於是我在道謝後，與團長並肩坐到陛下對面。
宰相則跟平常一樣，站在陛下坐著的沙發旁邊。
「那麼，聽說你們有事跟我報告。」
「是的。今天是來報告我訂婚了。」
陛下立刻進入正題，我便說出事先想好的台詞。
儘管覺得先把事情說明清楚比較好，但光用想像的臉頰就好燙，我實在不覺得自己有辦法好好解釋。
最後，我決定只講重點。
但臉頰還是熱起來了。
「對象是霍克團長嗎？」
「是的。」
「這樣啊。恭喜。」
「恭喜兩位。」

「謝謝。」

「謝謝。」

陛下和宰相果然不怎麼驚訝，乾脆地祝賀我跟團長。

我們兩個道謝後，不出所料，開始討論要辦理的手續及各種活動。

不得不做的事五花八門。

首先要訂婚，然後結婚，除去必須訂婚這部分，和原本的世界沒什麼不同。

只不過，由於這是兩個家族的契約，我和邊境伯爵需要共同討論，決定各種事宜。

值得感激的是，陛下願意以我的監護人的身分主導這場會談。

聽宰相所說，主要討論的好像是財產。

王家好歹是我的監護人，所以也會提供嫁妝。

光是願意當我的監護人就夠了，我實在不敢當，因此我本想推辭，陛下卻不肯同意。

他說因為我立下太多功績，累積了太多報酬，想趁這個機會多少給一些。

既然如此，身為平常一直在婉拒報酬的人，我可不能不收下。

只是嫁妝的話倒還能接受，畢竟應該是金錢，不是爵位或土地。

於是，決定好各種條件，締結婚約後，接下來要宴客。

不是辦完婚禮後的宴客。

只是用來宣布訂婚的。

舉辦訂婚宴會，對這個國家的貴族來說很普遍。

堂堂的邊境伯爵家肯定會辦，對象是「聖女」就更不用說了。

不宴客的話，等於是邊境伯爵家沒有把其他家族放在眼裡，想必會給人家添麻煩，因此我無法拒絕。

而且，在宴客這方面，宰相有個好主意。

黑色沼澤的問題正好解決了，本來就有計劃舉辦慶功宴，他提議可以在慶功宴上宣布訂婚的消息。

如果能讓我們搭上原本計劃好的活動的順風車，那就太好了。

陛下跟團長都不反對，我便心懷感激地答應宰相的建議。

就這樣，到訂婚宴會為止的流程都順利討論完畢……

然而，誰都沒料到訂婚宴會兼慶功宴的那場宴會結束後，會從遠方傳來那種消息。

短篇故事集

◆夏天的象徵1◆

「現在是夏天……對吧？」

「我認為是的。」

「不過，看起來不像呢。」

不用上課也沒有急事的下午，我來到宮廷魔導師團的演習場訓練。

我說出在訓練的空檔忽然浮現腦海的想法，碰巧跟我在一起的愛良妹妹面露苦笑。

演習場沒有屋頂，燦爛的陽光從天而降。

從耀眼的陽光來看，同樣可以判斷現在是盛夏季節。

不過，周遭的宮廷魔導師身上的服裝，怎麼看都不像夏天。

因為他們通通穿著宮廷魔導師的長袍。

愛良妹妹說，那件長袍是配合季節，使用夏天用的輕薄布料縫製而成。

但由於長度長到腳邊，看起來相當悶熱。
再怎麼說，都是春天或秋天的服裝。
就算這樣，包含愛良妹妹在內的魔導師都若無其事地埋頭訓練。
原因很簡單。
大家都帶著賦予魔法的物品。
我自己也很愛用。
掛在脖子上的項鍊就是那樣。
只要戴在身上，炎熱的夏天也能涼爽地度過，實在離不開它。
難道只是看起來很熱而已，實際上並非如此？
思及此，我緩緩拿下項鍊，便立刻感覺到暑氣。
溼度雖然比日本還要低，但繼續暴露在毒辣的陽光下，肯定會瞬間滿身大汗。
「會熱嗎？」
「嗯。果然是夏天……」
看來季節是夏天沒錯，只是從其他人的服裝感覺不出來。
我默默把項鍊戴回去，愛良妹妹輕笑出聲。
「除了大家的服裝，戴著賦予魔法的道具，也會喪失季節感呢。」

「對呀。這裡也幾乎沒有夏天的象徵。」
「象徵嗎？」
「嗯。這邊頂多只有西瓜吧。夏日祭典、煙火和浴衣都沒有。」
「啊！說得也是。」
我舉出日本的夏季象徵，愛良妹妹一副現在才想到的模樣點點頭。
如我剛才所說，我們熟悉的季節象徵，在這個世界大部分都不存在。
因此更難感覺到季節的變化。
「午安，聖小姐。」
突如其來的問候使我回頭一看，是師團長。
師團長也是來訓練的嗎？
我邊想邊回道：
「午安。」
「兩位在聊什麼？」
師團長似乎聽見了陌生的詞彙，很有興趣的樣子，詳細的對話內容則沒有聽見。
他隨便打了聲招呼就向我提問。
我簡單向他說明我們在聊故鄉的夏季象徵後，師團長點頭表示理解。

「這個世界也有煙火喔。」
「是嗎？」
來到這裡後我從未見過，還以為沒有煙火，看來是存在的。
「是的。會用來跟遠方的人打信號。」
師團長這麼說完便與我們稍微拉開距離，發動魔法。
一顆火球從他舉起來的手掌射向天空，飛到一定的高度後爆炸四散。
確實是煙火。
「是這種感覺嗎？」
「是的！沒錯！就是這種感覺！」
看見許久不見的煙火，我不由得激動起來。
在旁邊看的愛良妹妹也跟我一樣興奮地大聲歡呼。
由於天色還很亮，看不太清楚，顏色也只有一種，但確實是煙火。
「好厲害！謝謝您！」
「不客氣。」
「如果您願意再表演一次，下次我想在晚上的時候看。」
「晚上嗎？」

「是的。在我們的故鄉，煙火是晚上放的。這樣看得比較清楚，色彩繽紛很漂亮喔。」

「噢，原來如此。那麼下次就改在晚上吧。在那之前，我會練習變出有顏色的煙火。」

「謝謝您！」

我和愛良妹妹以掌聲迎接走回這邊的師團長。

我告訴他希望還有機會看到，師團長便承諾會先磨練技術。

我跟他提到故鄉的煙火有顏色，師團長好像願意重現給我們看。

他還是老樣子，一提到魔法動作就很快。

不愧是師團長。

不曉得何時可以看見。

但以師團長的個性來看，他可能馬上就會重現出來。

一想到能再看見煙火，我便期待得心跳加速。

◆夏天的象徵2◆

事情的起因在於故鄉的夏季象徵。

我將與偶然巧遇的愛良妹妹聊到的內容，拿來當成與所長閒聊的話題，聊著聊著就決定在研究所舉辦祭典。

不過，實際上比起祭典，或許更接近僅限一晚的露天啤酒園。

沒有煙火也沒有盆踊，只是在室外喝酒享用料理的夜晚。

總而言之，我們決定找一天晚上於研究所辦祭典。

參加者是研究員和研究所的相關人士。

在廚房工作的廚師也有一部分能參加，他們準備的大多是豪華的餐點。

聽說廚師們為了這場祭典的參加資格，展開了激烈的戰爭。

某位研究員想在祭典上端出新菜色，而這個消息為這場戰爭吹響了號角。

到底是哪位研究員呢？

不曉得是新菜色還是研究所要舉辦有趣活動的消息傳出去了。

隨著祭典舉辦日接近，在其他王宮設施工作的人，也紛紛表示想要參加。
外人大部分都靠所長的銅牆鐵壁慎重拒絕掉，不過裡面也有我們想主動邀請的人。
首先就是這位。
「晚上好，聖。謝謝妳邀請我來。」
「晚上好，霍克大人。感謝您的大駕光臨。」
現在的時間雖然早已入夜，由於夏天的白天比較長，天色還很亮。
但還是比中午暗了些。
即使如此，團長的笑容仍舊燦爛得彷彿背後有一道聖光。
真是安定的帥氣度。
「聽說今天吃得到新菜色，我很期待。」
「這樣呀。也會有適合配酒的料理，希望您喜歡。」
「喔，艾爾，你來啦。」
「嗯。」
在我們聊天時，所長發現團長到場了，便往這邊走過來。
祭典即將開始，不過我還有一點事要做。
捨不得歸捨不得，我將團長交給所長招待，回去做準備。

在參加者都拿到酒杯時，所長宣布祭典開始。
到處都聽得見乾杯的聲音。
我也和附近的研究員乾杯，喝了一口酒。
杯子裡裝的是蜂蜜酒，淡淡的甜味於口中擴散開來。
這味道會讓人停不下來，今天是在戶外喝酒，還是注意一下吧。
「聖。」
「啊，霍克大人。」
把餐點都吃過一輪後，團長來跟我搭話。
他該不會在找我吧？
微醺的腦袋冒出這個自戀的猜測。
我就這樣跟坐到我旁邊的團長聊起天來。
主要聊的是促成這場祭典的夏季象徵。
「所以，妳的國家舉辦的祭典，就是像今天這樣嗎？」
「不是的……熱鬧的氣氛是很有祭典的味道沒錯，但今天的更接近露天啤酒園。」
「露天啤酒園？」
「是的。像這樣在戶外喝酒、吃東西的酒吧。」

「是嗎。」
「露天啤酒園也是夏天的象徵之一呢。」
我呆呆地看著樂在其中的人們，瞇起眼睛。
記得以前去過的露天啤酒園，也是這種氣氛。
「聖……」
「嗯？」
「……妳會覺得懷念嗎？」
「……會呀。」
聽見團長呼喚我的名字，我抬頭望向他，團長帶著略顯困擾的表情。
他一副欲言又止的模樣，短暫的沉默降臨。
最後，他說出口的問題，搞不好跟原本想問的問題是不一樣的。
假如他問我是否想回到原本的世界，我該如何回答？
我看著團長，為浮現腦海的答案揚起嘴角。
雖然氣氛變得有點感傷，不過看我露出笑容，團長也跟著笑了出來。

後記

大家好，我是橘由華。

這次非常感謝各位翻閱《聖女魔力無所不能》第八集。

託各位的福，第八集也在諸般努力中成功出版了。這都要多虧平時一直給予支持的各位讀者。謝謝大家。我每集都在喊情況不妙，不過這次拜責編所賜，狀況好像比上一集好了些。差不多跟第六集時一樣吧？儘管還是出了不少問題，拜大家的幫助所賜，本書好不容易送到各位手中，真是太好了。

角川BOOKS的W責編，這次真的很感謝您的鼎力相助。託您的福，總算，總算！順利出版了。這次您也在煩惱的時候陪我一起思考，給予我非常大的幫助，感激不盡。與本書相關的其他人士也是，真的很感謝大家。

那麼，大家還喜歡第八集嗎？從這裡開始會透露一些劇情，還沒看過正篇故事的讀者可以先看完再回來。

疫情依舊嚴峻，所以我現在大多待在家中，導致訂宅配食品的機會增加了。第八集出現的風乾香腸就是其中之一。我訂的是法國產的，名為法式乾臘腸（Saucisson sec）。雖然聖在這一集中興奮地大叫：「莎樂美腸！」但我的靈感來源法式乾臘腸跟莎樂美腸有一點差異。基本上的製造方式是相同的，不過灌進腸衣的絞肉，油脂和肉的比例聽說不太一樣。我實際吃過的感想是，法式乾臘腸的油脂感覺比較少。

順帶一提，我訂的法式乾臘腸有煙燻、香草、榛果與起司四種口味。香草是書中聖說的在外面抹藥草的口味。在這四種口味當中，我個人最喜歡這個。第二名是起司。起司口味吃起來接近莎樂美腸，大概是因為有起司的脂肪。法式乾臘腸很多網站都有賣，有興趣的讀者請務必訂來嘗嘗看。

這次寫第八集的時候，我受到許多人的幫助。原來借助專業人士的力量，可以這麼快就查到想找的資料，我深受感動。

其中一位是我的親戚，他在肉類加工食品製造工廠工作。我問了許多關於風乾香腸的問題，當我問到如果要把包裝上列出的添加物換成古代歐洲有的材料，該換成什麼才好時，他立刻提供答案及詳細的說明給我。當時我受到的震撼真是難以言喻。換成自己查資料，一定得耗費更多時間。

另一位是東大推理研究會新月茶會的ミイラ鳥先生。他幫我調查了很多事物在歐洲的歷史。這也是我自己一個人應該查不完的內容，ミイラ鳥先生不僅收集了廣泛的資料，還加以整理，方便我理解，幫了我很大的忙。資料上除了我想知道的知識，連我沒考慮過的事項都有記載，強烈刺激了我的創作欲。真的謝謝您。

第八集依然是由珠梨やすゆき老師負責繪製插畫。感謝您這次也繪製了非常棒的插畫。每一張都很美，在這之中彩頁的聖完全戳中我的萌點。好可愛。超可愛的……那個嘴巴嘟起來的感覺超級可愛，看見草稿時我就被萌到了。完稿自不用說。新角色薩拉小姐也如同我的想像，是一位性感的大姊姊，同時也很可愛。這次也謝謝您繪製如此美麗的插圖。我會懷著感恩的心情朝您家的方向膜拜。

然後，第八集除了一般版，還出了特裝版（註：本文提及的內容皆為日本當地的販售狀況）！特裝版有小說第八集、收錄大量珠梨老師新繪插圖的全彩三十二頁小冊子、原創筆記本與聖和團長的社群網站風相框。說實話，小冊子超棒的。裡面充滿能當成畫冊放在手邊會很高興的插圖，新繪插圖更是危險。一堆在看見草稿的瞬間就令我妄想爆發的美圖。我的詞彙太貧乏，無法將這份心情表達清楚，深感遺憾。我自己是希望未來有一天能去作為霍克領原型的地方，將那兩個人在故事裡的約會場景拍下來並用特裝版的相框裝飾。購買特裝版的讀者若願意在出門時拿來用，我會很高興的。原創筆記本我大概會捨不得用（笑）。

漫畫版也同樣進展得很順利。好像有許多讀者很滿意，真是感激不盡。給予支持的各位自不用說，藤小豆老師及其他相關人員我也非常感謝。謝謝大家一直以來的關照。去年十二月出了第七集，有人買了嗎？這一集也有許多看點，還發生一件令人印象深刻的事。裡面有一格畫了博美狗，我在收到原稿的前一天，剛好看見與博美狗的背景有關的推特，由於時機實在太巧，害我在看稿時瞬間噴笑。這個能巧妙地融入時事梗（？）的才能太讓人佩服了。不愧是藤老師。

還有，這一集把小說裡容易讓人誤解的部分，修改得比較好懂。變更點是在「藥師大人」，也就是以前的「聖女」的日記中出現的男性。小說裡聖看的時候說「應該是弟弟吧？」其實是「跟姊弟一樣一起長大的青梅竹馬」才對。這是存在於我腦中的設定，不過寫得太不清楚了，很多人以為是弟弟，於是我趁這個機會改得更容易理解。謝謝藤老師和漫畫版的相關人士答應我的要求。

託各位的福，外傳漫畫《聖女魔力無所不能～另一位聖女～（暫譯）》也在去年十二月出了第二集。這部作品同樣受到許多讀者的喜愛，我非常高興。跟漫畫版一樣，十分感謝大家和亞尾あぐ老師等相關工作人員。謝謝大家一直以來的關照。在第二集中，愛良妹妹終於從王立學園畢業，加入宮廷魔導師團。這部作品能夠稍微窺見原作中沒有寫到的宮廷魔導師團的狀況，我看的時候也總是很開心。亞尾老師筆下的角色表情都很生動，檢查原稿時每當看見愛良妹妹的笑容，我都會被萌到。背景彷彿有花瓣在飄舞的燦爛笑容太神了。

絕讚好評熱銷中的漫畫版和外傳漫畫，目前在網路漫畫刊登網站ComicWalker、Pixiv

Comic和NicoNico靜畫等平台連載中。部分內容可供免費閱覽，有興趣的人請務必去看看。

那麼，動畫也在去年順利開播了。有看的讀者們還喜歡嗎？若能讓大家看得開心就太好了。我也每個禮拜都看得很愉快。多虧製作組的用心，做出了很棒的動畫。話說回來，寫作時我還覺得沒什麼戀愛要素，沒想到動畫版會濃縮成那樣。我幾乎每一集都會受不了。大家覺得呢？

關於動畫，就像許多觀眾看到的，這次決定要做第二季了！哎呀，那個……收到通知時我還搞不清楚狀況呢。一瞬間以為是在作夢。不僅如此，還因為激動過頭的關係帶著僵硬的笑容，冷靜地接收這個情報。不好意思，作者是這樣的人。動畫決定要做第二季，都是因為大家願意支持我這樣的作者。真是感激不盡。

動畫第二季的開播時期等詳細情報，會跟第一季一樣在動畫官方網站及官方推特隨時公布。有興趣的讀者請務必關注。情報公開後，我也會在「成為小說家吧」的活動報告及推特通知大家。

最後，感謝大家一路閱讀到這裡。疫情好像也邁入新階段了。雖然生活還沒穩定下來，還請大家保重身體。我也會注意身體健康，努力讓第九集能夠送到每位讀者手上。希望近期內還能與各位再會。

短篇故事集　初次刊載

參考文獻

《西洋音楽の歴史 第2巻》Mario Carrozzo、Cristina Cimagalli著，川西麻理譯，C Light Publishing出版，二〇一〇年

《オペラ座の迷宮　パリ・オペラ座バレエの350年》鈴木晶著，新書館出版，二〇一三年

《フランス・オペラの魅惑　舞台芸術論のための覚え書き》澤田肇著，ぎょうせい出版，二〇一三年

《音楽劇の歴史　オペラ・オペレッタ・ミュージカル》重木昭信著，平凡社出版，二〇一九年

《叡智の建築家——記憶のロクスとしての16－17世紀の庭園、劇場、都市》桑木野幸司著，中央公論美術出版，二〇一四年

《圖説西洋建築史》陣内秀信、太記祐一、中島智章、星和彥、横手義洋著，蔡青雯譯，臉譜出版，二〇〇九年

《建築巡礼29　ヨーロッパの劇場建築》清水裕之著，丸善出版，一九九四年
《世界演劇事典》Robin May著，佐久間康夫編譯，開文社出版，一九九九年
《劇場空間の源流》本杉省三著，鹿島出版會出版，二〇一五年
《世界歴史大系　フランス史2　16世紀～19世紀なかば》柴田三千雄、樺山紘一著，福井憲彦編，山川出版社出版，一九九六年
《フランス近代史——ブルボン王朝から第五共和政へ》服部春彦著，谷川稔編著，ミネルヴァ書房出版，一九九三年
《中世ヨーロッパを生きる》甚野尚志、堀越宏一編，東京大學出版會出版，二〇〇四年
《支配の文化史——近代ヨーロッパの解読》岡本明編著，ミネルヴァ書房出版，一九九七年
《中世社会の構造》Christophe Brooke著，松田隆美譯，法政大學出版局出版，一九九〇年
《中世の生活文化誌——カロリング期の生活世界》Pierre Riche著，岩村清太譯，東洋館出版社出版，一九九二年
《フランス文化と風景　上》Jean-Robert Pitte著，高橋伸夫、手塚章譯，東洋書林出

版，一九九八年
《フランス文化と風景　下》Jean-Robert Pitte著，高橋伸夫、手塚章譯，東洋書林出版，一九九八年
《シティ・ファーマー　世界の都市で始まる食料自給革命》Jennifer Cockrall-King著，白井和宏譯，白水社出版，二〇一四年
《パリと江戸——伝統都市の比較史へ》高澤紀恵、Alain Thillay、吉田伸之編，山川出版社出版，二〇〇九年
《中世パリの生活史》Simone Roux著，杉崎泰一郎監修，吉田春美譯，原書房出版，二〇〇四年

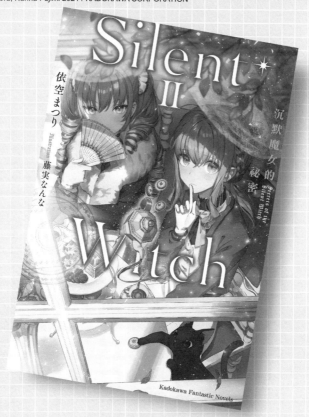

異世界悠閒農家 1~10 待續

Kadokawa Fantastic Novels

作者：內藤騎之介　插畫：やすも

今年的大樹村，也是櫻花滿開。
抱持著感謝豐饒神的心，舉辦熱鬧的收穫祭！

秋天的收穫一結束，大樹村的收穫祭就開始了。隨著各個種族展現他們的演技與座布團的時尚秀而喧鬧著的村民們。平穩的日常產生變化，五號村發生了某件事！以此事件為契機，火樂被要求對五號村擺出高高在上的姿態……

各 **NT$280~300/HK$90~100**

國家圖書館出版品預行編目資料

聖女魔力無所不能 / 橘由華作 ; Runoka 譯 . -- 初版 .
-- 臺北市 : 臺灣角川股份有限公司 , 2022.10-
冊 ; 公分 . -- (Kadokawa fantastic novels)
譯自 : 聖女の魔力は万能です
ISBN 978-626-321-851-2(第 8 冊 : 平裝)

861.57 111013097

Kadokawa
Fantastic
Novels

聖女魔力無所不能 8

（原著名：聖女の魔力は万能です 8）

2022年10月24日 初版第1刷發行

作　　者：橘由華
插　　畫：珠梨やすゆき
譯　　者：Runoka

發 行 人：岩崎剛人
總 編 輯：蔡佩芬
編　　輯：楊芫青
美術設計：李思穎
印　　務：李明修（主任）、張加恩（主任）、張凱棋

發 行 所：台灣角川股份有限公司
地　　址：104台北市中山區松江路223號3樓
電　　話：（02）2515-3000
傳　　真：（02）2515-0033
網　　址：www.kadokawa.com.tw
劃撥帳戶：台灣角川股份有限公司
劃撥帳號：19487412
法律顧問：有澤法律事務所
製　　版：尚騰印刷事業有限公司
ＩＳＢＮ：978-626-321-851-2